रंगमंच एवं स्त्री

रंगमंच एवं स्त्री

सुप्रिया पाठक

राजकमल प्रकाशन

ISBN : 978-81-267-3018-6

मूल्य : ₹295

पहला संस्करण : 2018

प्रकाशक : राजकमल प्रकाशन प्रा.लि.
1-बी, नेताजी सुभाष मार्ग, दरियागंज
नई दिल्ली-110 002

शाखाएँ : अशोक राजपथ, साइंस कॉलेज के सामने, पटना-800 006
पहली मंज़िल, दरबारी बिल्डिंग, महात्मा गांधी मार्ग, इलाहाबाद-211 001
36 ए, शेक्सपियर सरणी, कोलकाता-700 017

वेबसाइट : www.rajkamalprakashan.com
ई-मेल : info@rajkamalprakashan.com

मुद्रक : बी.के. ऑफसेट
नवीन शाहदरा, दिल्ली-110 032

RANGMANCH EVAM STRI
by Dr. Supriya Pathak

मिथिलेश, आद्या और मधु प्रिया के लिए

भूमिका

दक्षिण एशियाई सांस्कृतिक इतिहास में **'पारसी रंगमंच'** का महत्त्वपूर्ण स्थान है। इस शब्द का प्रयोग आमतौर पर उस छोटे से पारसी समुदाय को सम्बोधित करने के लिए किया जाता है, जिसने आधुनिक और शहरी जनता में प्रचलित मनोरंजन की परम्परा को जन्म दिया। भारत की अच्छी–खासी जनसंख्या 19वीं सदी के उत्तरार्द्ध और 20वीं सदी के पूर्वार्द्ध में इस लोकप्रिय नाट्य–परम्परा का हिस्सा बन चुकी थी। इस शब्द का अपना सांस्कृतिक एवं ऐतिहासिक महत्त्व भी है क्योंकि पारसी रंगमंच के उदय के उपरान्त ही सार्वजनिक रूप से अति लोकप्रिय रंगमंच का पहला चरण शुरू होता है।[1]

हालाँकि इस पुस्तक का उद्देश्य पारसी रंगमंच का इतिहास अथवा उसकी प्रासंगिकता का गहरा अध्ययन करना नहीं है बल्कि इसके माध्यम से लोकप्रिय रंगमंच की दुनिया में स्त्रियों के प्रवेश के रोचक इतिहास एवं उनके द्वारा इस क्षेत्र में आने के

1. David Willmar, *'Theatricality, mediation and Public space : The legacy of Parsi Theatre in South Asian Cultural History'*, Ph.D Thesis (unpublished), May 1999. Page 17.

लिए किए गए संघर्ष तथा उनकी परिस्थिति का विस्तृत विवरण प्रस्तुत करना है। पारसी रंगमंच में महिलाओं के प्रवेश एवं उनकी भूमिका को लेकर अत्यन्त मतभेद रहे और कई बहस–मुबाहिसों के उपरान्त इस दुनिया में महिलाओं का प्रवेश सम्भव हो सका। विगत 150 वर्षों का रंगमंच का इतिहास स्त्रियों के लिए जहाँ एक तरफ अत्यन्त संघर्षपूर्ण रहा वहीं इसने उनके लिए सशक्त माध्यम का भी कार्य किया।

1950 के दशक के बाद जनवादी नाट्य समूहों के जरिए स्त्री विषयक मुद्दों को आम जनता के समक्ष प्रस्तुत किया जाने लगा था, परन्तु इन सबकी आधार–भूमि पारसी रंगमंच के जरिए ही तय हो पाई। इस रंगमंच की शुरुआत एक ऐसे दौर में हुई जब भारत में राष्ट्रवादी विचारधाराओं की लहर एवं उनका प्रभाव समाज पर व्यापक रूप से पड़ रहा था। यह वह दौर था जब राष्ट्रीय विमर्श के केन्द्र में भारत की संस्कृति एवं उनसे गहरे तौर पर जुड़े 'स्त्री–प्रश्नों' पर सभी राष्ट्रवादी धाराएँ प्रतिक्रिया व्यक्त कर रही थीं। 19वीं सदी के बंगाल पुनर्जागरण के दौरान समाज सुधार के आन्दोलनों के केन्द्र में भी 'स्त्री प्रश्न' था।[2]

राजा राममोहन राय द्वारा सती प्रथा का विरोध और ईश्वरचन्द्र विद्यासागर के नेतृत्व में विधवाओं के पुनर्विवाह के पक्ष में चलाए गए अभियान इस दौर की पहचान हैं। पार्थ चटर्जी ने इस विषय पर विचार करते हुए राष्ट्रवाद और स्त्री प्रश्नों के समीकरण की व्याख्या की है। उनका मानना है कि राष्ट्रवादी परियोजना ने औपनिवेशिक राज्य के साथ राजनीतिक अधिकारों के लिए संघर्ष और आन्दोलन में जाने से काफी पहले ही सांस्कृतिक सम्प्रभुता के एक स्वायत्त क्षेत्र का निर्माण कर लिया था।[3]

जहाँ 19वीं सदी के पूर्वार्द्ध में समाज–सुधारकों ने धर्म और समाज सुधार के लिए औपनिवेशिक शासकों के कानूनी–तंत्र की मदद ली, वहीं 19वीं सदी के अन्तिम दशकों में नए मध्यवर्ग से बने राष्ट्रवादी नेतृत्व ने एक ऐसे सांस्कृतिक दायरे का निर्माण किया जो औपनिवेशिक शासन के हस्तक्षेप से मुक्त सम्प्रभुता का दायरा था। सामाजिक संस्थाओं और व्यवहारों को राष्ट्रवाद ने दो हिस्सों में बाँटा। उसकी परियोजना में भौतिक दायरा बाहरी है, आध्यात्मिक दायरा भीतरी।[4] भौतिक दायरे में अर्थव्यवस्था, राजकाज, विज्ञान, तकनीक आदि आते हैं जिनमें पश्चिम की श्रेष्ठता स्वीकार्य है। जिसे सीख कर दक्ष बनना है ताकि पश्चिम का उसकी ही जमीन पर मुकाबला किया जा सके। दूसरी ओर आध्यात्मिक दायरा भीतरी है जो जाति की सांस्कृतिक अस्मिता का क्षेत्र है, जहाँ भारत की पश्चिम पर श्रेष्ठता स्वयंसिद्ध है।[5]

---

2. प्रणय कृष्ण, *उत्तर औपनिवेशिकता के स्रोत और हिन्दी साहित्य*, पृष्ठ 165
3. चटर्जी, पार्थ, *द नेशनलिस्ट रिवल्यूशन ऑफ वीमेन क्वेशचन, पोस्ट कोलोनियल डिस्कोर्स : एन एंथोलोजी*, ऑक्सफोर्ड ब्लैक्वेल पब्लिशर, 2001, पृष्ठ 23
4. वही, पृष्ठ 24
5. Sarkar, Tanika, 2003, *'Hindu Wife, Hindu Nation : Community Religion and Cultural Nationalism'* Delhi : Permanent Black.

इस पूरे काल का लोक मानस बड़ा ही विचित्र और अन्तर्विरोधों से भरा पड़ा था। एक तरफ जहाँ यह नएपन के लिए व्याकुल था, वहीं दूसरी ओर अपने आपको महान प्राचीन और गौरवमयी अतीत से बाँधे भी रखना चाहता था। एक ओर यह जातीय परम्परा और एक नए राष्ट्रबोध के स्वप्नों में डूबा था, दूसरी ओर यह नवोत्थान आन्दोलन के फलस्वरूप अपने को असीम व्यापक मानवता में फैलाकर देख रहा था। (नई भारतीयता)[6]

भावनात्मक एवं मानसिक स्तर पर यह एक ओर शुद्ध भारतीय विशुद्ध हिन्दू होने का स्वप्न देख रहा था, दूसरी ओर ऐंग्लो सेक्सन सभ्यता के सम्पर्क से मिश्र, टर्की, अरब, इराक, ईरान, अफगानिस्तान, चीन, जापान, जावा, सुमात्रा, मलयद्वीप आदि समस्त मध्य पूर्व और सुदूर पूर्व के जीवन स्पन्दनों को अपने आप में भर लेना चाहता था। यह एक ओर सुधार के लिए तड़प रहा था तो दूसरी ओर सर्वथा 'नए' के प्रति लालायित था। यह एक ओर 'शुद्ध' और 'मर्यादावादी' होना चाहता था, दूसरी ओर अंग्रेजी सभ्यता और जीवन की आजादी और रोमानी रंगीनियाँ भी चाह रहा था।[7]

वह नया जनमानस जो नए मेट्रोपोलिटन नगरों (बम्बई, मद्रास, कलकत्ता) में पैदा हुआ था, नए उद्योगों, नए व्यापार, नए बाजार में जो नया मन पुराने से थका हुआ बिलकुल नए की तलाश में था, जो मानस नई अंग्रेजी शिक्षा-दीक्षा एवं नवोत्थान के नशे में डूबा हुआ था, जिसने अब अंग्रेजी के थिएटर को देखा था और उसी तरह की कोई नई चीज देखना चाह रहा था, इसी जनमानस का एक दूसरा उदाहरण था जो ऐंग्लो सेक्शन सभ्यता के सम्पर्क और प्रभाव में आकर पश्चिम मध्य पूर्व और सुदूर पूर्व की जिन्दगी, उसकी तवारीख, उसके हीरो-हीरोइन, उसके रोमांटिक किस्से और जंग-मुहब्बत के किरदार तथा नए अफसाने देखना चाह रहा था। पारसी थिएटर ही संयोग से इस दूसरी आकांक्षा का पूरक संस्थान बना। यह एक अमिट ऐतिहासिक सत्य है।[8]

पारसी रंगमंच का दक्षिण एशियाई देशों में लोकप्रिय रंगमंच तथा सिनेमा के विकास में अत्यन्त महत्त्वपूर्ण स्थान है। साथ ही यह भी एक अबूझ पहेली है कि पारसी रंगमंच ने किस प्रकार लैंगिक तथा नस्लीय पहचानों को अपनी वेशभूषा, साज-सज्जा तथा संवादों के जरिए नए रूप में प्रस्तुत किया।[9] इस रंगमंच में स्त्री की भूमिका निभा रहे बहुरूपियों ने भारतीय स्त्रीत्व/नारीत्व के लिए नए मापदंडों की रचना की। पारसी रंगमंच ही वह पहला रंगमंच था जिसने स्त्रियों के लिए अभिनय की जमीन तैयार की। यह तब की बात है जब भारतीय स्त्रियों ने स्वयं को रंगमंच की दुनिया से बाहर रखा हुआ था, या शायद रखी गई थीं।

6. डॉ. लक्ष्मी नारायण लाल, *पारसी हिन्दी रंगमंच*, राजपाल एंड सन्ज, पृष्ठ 35-36
7. वही, पृष्ठ 36
8. वही, पृष्ठ 36-37
9. David Willmer, *'Theatricality, mediation and Public space : The legacy of Parsi Theatre in South Asian Cultural History'*, PhD, thesis, May 1999. pp-39.

स्त्री पात्र की भूमिका अदा कर रहे बहुरूपियों ने स्त्रियों के लिए उस स्थान (space) को बनाया जहाँ से वे स्वयं को इस दुनिया में शामिल कर सके। यह एक प्रकार से राष्ट्रवादी धाराओं द्वारा राष्ट्रवाद के विमर्श के 'भारतीय स्त्री' के रूप में प्रस्तुत की जा रही 'आर्य समाजी महिला' की छवि से बहुत हद तक अलग छवि थी। पश्चिमी भारत के रंगमंच के विकास का इतिहास इस दृष्टि से ज्यादा पारदर्शी है जहाँ पूरे उपनिवेश-काल के दौरान स्त्री पात्र की भूमिकाओं का निर्वाह अन्य लोगों द्वारा किया जाता रहा। इसका उल्लेख हमें लिखित अभिलेखों जैसे पत्रिकाओं, संस्करणों तथा जीवनवृत्तों से प्राप्त होता है। पारसी रंगमंच के माध्यम से ही तत्कालीन समाज में स्त्री की भूमिका निभा रहे बहुरूपियों, कलकारों ने औरतों को फैशन के नए-नए तौर तरीके सिखाए एवं नारीत्व को भी संशोधित रूप में परिभाषित किया।[10] जैसे मास्टर निसार, मास्टर फूलचन्द, मास्टर नैनूराम, मास्टर नर्मदा, शंकर मास्टर, चम्पालाल, मास्टर भोले शंकर, मास्टर फिदा हुसैन, खेमराज मारवाड़ी, अमीरीदीन इत्यादि कई नाम हैं, जिन्होंने पारसी रंगमंच में स्त्रियों के किरदार को निभाया, विशेषकर गुजराती पारसी रंगमंच में इन पुरुष किरदारों में से कइयों के पास अच्छे घराने की स्त्रियाँ साड़ी पहनना सीखती थीं। गुजरात के जयशंकर सुन्दरी और मराठी कलाकार बाल गन्धर्व का नाम इस दृष्टि से काफी मशहूर था। गणपत डांगी यह बताते हैं कि :

> *''जब हम नकली स्त्री बनते थे तो दिल में बड़ा घमंड होता था। वैसी ही चाल, बातचीत, नाज नखरे, अदा और खास करके जब कभी मेरी पत्नी चरखारी में नाटक देखने आती और मैं स्त्री का रोल अदा करता उस समय हमारे दिल में एंक अजब घमंड होता और पत्नी की आँखों में अजीब सी झेंप। एक दफा मेरे राधा बनने पर बांसवाडी की बाईसा ने मेरे लिए सोने की पाजेब और पोशाक भेजी थी।''*[11]

अर्थात स्त्री-रूपी बहुरूपियों तथा बाहर से आई ऐंग्लो इंडियन अभिनेत्रियों ने एक तरह से रंगमंच की दुनिया में तब तक स्त्री-पात्रों की भूमिका अदा की जब तक भारतीय स्त्रियों ने रंगमंच की दुनिया में प्रवेश नहीं किया। मध्यवर्गीय जनता के नाटक देखने जाने की शुरुआत के बाद और उसमें लगातार बढ़ रही महिला दर्शकों की संख्या के मद्देनजर स्त्री पात्रों की वेशभूषा तथा अन्य रंगमंचीय पहलुओं को दर्शकों की दृष्टि से देखा जाने लगा। स्त्री दर्शकों की लगातार बढ़ती संख्या को थिएटर हाउस में अलग से बैठने के लिए बड़े स्थान की आवश्यकता थी, जहाँ से वह नाटक का आनन्द उठा सकें। स्त्री एवं पुरुष दोनों के लिए स्त्री पात्रों का

10. Kathryn Hansen, *'Making Women Visible : Gender and Race Cross-Dressing in the Parsi Theatre' : Theatre Journal,* Vol. 51, No. 2, May, pp-3.
11. रणवीर सिंह, *पारसी थियेटर,* राजस्थान संगीत नाटक कला अकादमी, जोधपुर, 1990, पृष्ठ 85

अभिनय बहुरूपियों द्वारा किया जाना जेंडर आधारित भूमिकाओं की दृष्टि से स्पष्ट रूप से बहस का मुद्दा था।[12]

रंगमंच की दुनिया में महिलाओं के प्रस्तुतीकरण का सार्वजनिक जीवन (Public Space) में महिलाओं के प्रवेश के साथ गहरा सम्बन्ध है। यही वह समय था जब समाज सुधार आन्दोलनों के मुद्दों, कानूनी प्रावधानों तथा साहित्यिक रचनाओं में भारतीय स्त्री को नई भूमिका प्रदान की जा रही थी। सार्वजनिक जीवन में सहभागी होने के लिए स्त्री को पुरुषों के समान ही सामाजिक स्वीकार्यता की आवश्यकता थी। परन्तु 1853 से 1931 के मध्य एक जीवन्त रंगमंच की संस्कृति का वातावरण होने के बावजूद पारसी, मराठी एवं गुजराती थिएटर कम्पनियों में महिलाओं के अभिनय को लेकर लगभग एक जैसी भावना बनी रही। वे व्यावसायिक नाटक कम्पनियाँ थीं। कम्पनी के मालिक शहर की बहुसंख्यक जनता की पसन्द के नाटकों का मंचन करवाया करते एवं हरसम्भव उनकी सहमति–असहमति का ध्यान रखते। संगीत, नृत्य तथा नाटकों को देखने के लिए आमतौर पर सभी वर्ग, जाति के लोग आया करते। पहले बम्बई में रूढ़िवादी, परम्पराप्रिय धनाढ्य व्यवसायी वर्ग तक ही नाटक सीमित थे। परन्तु समाज में बढ़ते बुर्जुआ तबके ने सार्वजनिक स्थानों एवं जनता के खाली वक्त को भी अपने मुनाफे के लिए थिएटर के माध्यम से शुरू कर दिया। बम्बई शहर का पारसी समुदाय लगभग पूरी तरह यूरोपियन तर्ज पर बड़ी–बड़ी थिएटर कम्पनियाँ खोल रहा था और जनता का मनोरंजन कर रहा था, परन्तु अभिनय को लेकर अभी भी पुरानी परम्परा ही कायम थी।[13]

दक्षिण एशियाई नाटकों में स्त्री की भूमिका पुरुषों द्वारा किया जाना एक प्रकार से नाटक की अनिवार्यता थी। आम जनता के बीच स्त्रियों द्वारा अभिनय शर्मनाक माना जाता था। घर तथा बाहर के लैंगिक विभाजन ने स्त्रियाँ को घर की चारदिवारी में बाँध कर रखा था। उस जमाने में गाने और नाचने के काम को कलंकित करने वाला काम माना जाता था, जिसे करनेवाली महिलाएँ अधिसंख्यक वेश्याएँ हुआ करती थीं। वे यह कार्य अपनी आजीविका के लिए किया करती और अपने एक या अधिक पुरुष संरक्षकों के लिए नियमित रूप से गाया बजाया करती। तब सवाल यह पैदा होता है कि क्यों इन पेशेवर महिलाओं को भी 19वीं सदी में मंच पर अभिनय करने की अनुमति प्रदान नहीं की गई? आमतौर पर इसका उत्तर यह दिया जाता है कि वे स्वयं को अपार प्रसिद्धि से दूर रखना चाहती थीं अथवा वे अभिनय में दक्ष नहीं थीं।[14]

---

12. Kathryn Hansen, *'Making Women Visible : Gender and Race Cross-Dressing in the Parsi Theatre', Theatre Journal,* Vol. 51, No. 2 (May, 1999), pp. 127-147.
13. वही।
14. वही।

हालाँकि स्त्री के हमशक्ल के रूप में पुरुषों द्वारा अभिनय किए जाने की कुछ हद तक यह सही व्याख्या हो सकती है परन्तु ऐतिहासिक साक्ष्य इन तर्कों को गलत साबित करते हैं। रंगमंच की दुनिया में अभिनय करने वाली स्त्रियाँ थीं ही नहीं। इसको अस्वीकार करते हुए दस्तावेज यह बताते हैं कि पारसी रंगमंच में स्त्री तथा पुरुष दोनों कलाकारों को मासिक तनख्वाह पर रखा जाता था, जिसकी अवधि सीमित हुआ करती थी। अर्थात वे आपस में प्रतिद्वन्द्विता करते रहे और कम्पनी तथा जनता यह चुनाव करे कि वह मंच पर किसे देखना चाहती है—स्त्री को या पुरुष को।[15]

पारसी थिएटर में लड़कों की नियुक्ति की जाती और उनको प्रशिक्षण भी दिया जाता था। किसी भी अभिनेता का अभिनय उसकी प्रारम्भिक भूमिका के द्वारा तय होता था। सबसे पहले उन्हें नायिका की सखी-सहेली या अन्तरंग मित्र की भूमिका दी जाती थी। उनमें से कुछ अभिनेता सभी भूमिकाएँ जैसे नायक, नायिका, विदूषक आदि निभाया करते थे। खुर्शीद बालीवाला (1852-1903) जिन्होंने बाद में विक्टोरिया थिएटर कम्पनी की बागडोर सँभाली और पारसी थिएटर की एक सुप्रसिद्ध हस्ती बने। उन्होंने 18 वर्ष की आयु में 'रुस्तम और सोहराब' में स्त्री की भूमिका अदा की थी। उसके एक वर्ष के उपरान्त ही उन्होंने पुरुष भूमिकाएँ करनी शुरू कीं।

पुरुषों द्वारा स्त्रियों की भूमिका अदा करने का यह सिलसिला 20वीं सदी के प्रारम्भ तक चला। जब तक जनता ने उन्हें पसन्द किया और जब तक कम्पनी मालिकों की दया उन पर बनी रही, उन्होंने बाकायदा यह काम किया। उन पुरुष अभिनेताओं की एक लम्बी सूची है जिन्होंने पारसी रंगमंच में स्त्री भूमिकाओं को निभाया। परन्तु दुर्भाग्यवश उन अभिनेताओं को भुला दिया गया। उनके जीवन, पसन्द और उनकी आदतों के सम्बन्ध में लिखित साक्ष्य अत्यन्त कम मात्रा में मौजूद हैं। दस्तावेजों में सिर्फ दो गैर-पारसी अभिनेताओं का ही जिक्र मिलता है। **जयशंकर सुन्दरी** (1888-1962) तथा **बाल गन्धर्व** (1889-1975) दोनों ने ही अपने समय में अत्यन्त अदा और खूबसूरती के साथ स्त्री भूमिकाएँ निभायीं।[16]

पारसी थिएटर की दुनिया में अभिनेत्रियों के प्रवेश पर चली बहस पर नजर डालें तो पता चलता है कि पारसी रंगमंच में स्त्री दर्शकों की लगातार बढ़ती संख्या ने थिएटर मालिकों के लिए बड़ी संघर्षपूर्ण स्थिति पैदा कर दी। कम्पनी मालिक यह चाहते थे कि उनके यहाँ नाटक देखने ज्यादा से ज्यादा संख्या में महिलाएँ आएँ ताकि उनकी कम्पनी की प्रतिष्ठा बढ़ती रहे। उस दौर में मध्यवर्गीय स्त्रियाँ अपने नाते-रिश्तेदारों के साथ नाटक देखने आया करती थीं किन्तु शर्त यही होती कि नाटक में वेश्याओं से अभिनय न कराये जाएँ और थिएटर हॉल में स्त्रियों के बैठने की समुचित व्यवस्था हो।

---

15. Kathryn Hansen, *'Making Women Visible : Gender and Race Cross-Dressing in the Parsi Theatre'*, *Theatre Journal*, Vol. 51, No. 2 (May, 1999), pp. 131.
16. वही, पृष्ठ-131

पारसी रंगमंच में पहली हलचल तब हुई जब मेरी फेंटन नामक एक एंग्लो इंडियन अभिनेत्री को लाया गया। इसे लेकर थिएटर मालिकों के बीच काफी बवाल मचा जिसकी एक झलक हमें के.एन. काबरा (1842-1904) के दृष्टिकोण से मिलती हैं। वे उस दौर के महत्त्वपूर्ण पारसी समाज सुधारक थे। वे एक अच्छे नाटककार भी थे और उन्होंने गुजराती में करीब 15 नाटक लिखे थे। वे नाटक को नैतिक उत्थान का माध्यम मानते थे। 1868 में उन्होंने एक नाटक क्लब की स्थापना की जो आगे चलकर सुप्रसिद्ध 'विक्टोरिया थियेट्रीकल कम्पनी' में परिवर्तित हो गई। उन्होंने 1976 में एक अन्य नाटक कम्पनी 'नाटक उत्तेजक मंडली' की स्थापना की। यह कम्पनी उस समय के अभिनेता एवं कम्पनी मालिक दादी पटेल के उस निर्णय के विरोध में खोली गई थी, जिसमें उन्होंने विक्टोरिया कम्पनी के नाटकों में महिलाओं को अभिनय करने की अनुमति दी थी।[17]

उनकी नाटक-मंडली ने एक पालना-घर की भी शुरुआत की जिसमें मध्यवर्गीय महिलाएँ अपने छोटे बच्चों को आयाओं के भरोसे छोड़ सके। छोटे-मोटे नाटकों के दौरान पर्दे में रहने वाली औरतों के बैठने की अलग से व्यवस्था की जाती थी। उस दौर में हिन्दू जाति की महिलाएँ भारी संख्या में धार्मिक नाटकों जैसे राजा हरिश्चन्द्र, रामायण, नल-दमयन्ती को देखने आया करती थीं।[18]

काबरा ने थिएटर के बिगड़ते हुए माहौल की कटु आलोचना की जो वेश्याओं के थिएटर की दुनिया में प्रवेश की वजह से पैदा हुई थी। उन्होंने रंगमंच के क्षेत्र में वेश्याओं के प्रवेश का पुरजोर विरोध किया और हमेशा अपनी कम्पनी में इस पर पाबन्दी लगाई। उनका मानना था कि रंगमंच की पवित्र दुनिया वेश्याओं के अभिनय से दूषित हो जाएगी।

दूसरी पीढ़ी के कम्पनी मालिकों ने भी न्यू अल्फ्रेड थिएट्रीकल कम्पनी की पिछली परम्परा का अनुसरण करते हुए स्त्रियों को अभिनय करने की अनुमति नहीं दी। एक तरह से यह स्वघोषित बात थी कि महिलओं को अभिनय की अनुमति न प्रदान की जाए। जब 1891 में अल्फ्रेड कम्पनी का बँटवारा हुआ तब नई कम्पनी ने सोहराब ओगरा (1858-1933) नामक एक व्यक्ति को प्रबन्धक के तौर पर नियुक्त किया गया। काबरा की तरह ओगरा भी गरीब परिवार से सम्बन्ध रखते थे और उन्होंने भी औपचारिक शिक्षा नहीं पाई थी। उन्हें भी इसीलिए याद किया जाता है कि उन्होंने स्त्री द्वारा अभिनय किए जाने का विरोध किया। यहाँ तक कि उन्होंने कभी भी अपनी पत्नी या बच्चों को नाटक देखने आने की अनुमति नहीं दी। 1933 में उनकी मृत्यु होने तक कम्पनी में अभिनेत्रियों का प्रवेश प्रतिबन्धित रहा। इसलिए

17. Kathryn Hansen, *'Making Women Visible : Gender and Race Cross-Dressing in the Parsi Theatre'*, *Theatre Journal*, Vol. 51, No. 2 (May, 1999), pp. 127-147.
18. Kathryn Hansen, *'Stree Bhumika : Female Impersonators and Actresses on the Parsi Stage'*, EPW, Vol. 33, No. 35, (Aug 29-Sep 4.) pp. 2291-2300.

इसमें कोई आश्चर्यजनक बात नहीं है कि न्यू अल्फ्रेड कम्पनी को पारसी थिएटर कम्पनियों में सर्वाधिक रूढ़िवादी, परम्परा-पसन्द एवं सम्मानजनक होने की प्रतिष्ठा प्राप्त थी। इसी कारण इसने अपने दौर के महान नेताओं जैसे मोतीलाल नेहरू और मदन मोहन मालवीय को भी प्रभावित किया।

इन कम्पनियों ने हमेशा महिला दर्शकों को अभिनेत्रियों से दूर रखा। महिला अभिनेत्रियों के साथ अफवाहों एवं सुरक्षा का खतरा हमेशा बना रहता था। इसलिए कोई कम्पनी यह खतरा नहीं मोल लेना चाहती थी। पारसी रंगमंच पर किसी महिला पात्र के अभिनय का सन्दर्भ हमें उसके अपहरण से प्राप्त होता है। 1872 में पारसी नाटक मंडली ने लतीफा बेगम के साथ 'इन्दर सभा' नामक नाटक का मंचन किया। इस नाटक में उस मशहूर नृत्यांगना ने परी की भूमिका अदा की थी। नाटक के खत्म होने के समय जैसे ही उसने मंच से बाहर प्रवेश किया, एक पारसी पुरुष द्वारा उसका अपहरण कर लिया गया। उसने अपना ओवर कोट उस महिला पर डाला और कन्धों पर उठा नौ दो ग्यारह हो गया। लतीफा के इस तरह से गायब होने ने थिएटर जगत में सनसनी फैला दी। कई दिनों तक अखबारों में इस घटना की चर्चा होती रही।[19]

इसी बीच विक्टोरिया कम्पनी के मालिक दादी पटेल को नाटक खेलने के लिए हैदराबाद आमंत्रित किया गया। उन्होंने वहाँ अपने नाटकों से धूम मचा दी। वहाँ से लौटते समय वे कुछ गानेवालियों को अपने साथ ले आए जिन्होंने 1875 में मंचित नाटक 'इन्दर सभा' में परियों की भूमिका भी अदा की। हालाँकि यह नाटक उस समय का असफल नाटक माना जाता है।[20]

उसी तरह 1880 में बालीवाला विक्टोरिया कम्पनी में महिलाओं को लेकर आए। उनकी कम्पनी में मिस गौहर, मिस मलिका, मिस फातिमा, मिस खातून तथा अन्य लड़कियाँ काम करती थीं। बालीवाला और विक्टोरिया थियेट्रीकल ने अपने यहाँ अभिनेत्रियों को काम पर रखना जारी रखा तथा अपने साथ-साथ सिलोन, सिंगापुर, बर्मा जैसे शहरों में थिएटर ट्रूप के साथ भी लेकर गए। इन छिट-पुट प्रयासों को सामाजिक मान्यता भले न मिली हो परन्तु इससे माहौल जरूर बन गया था। 1896-98 में एक अन्य अभिनेत्री गौहर का जिक्र मिलता है जिसने अनेक नाटकों में उल्लेखनीय भूमिकाएँ अदा की जैसे—बज्मे-फानी में सोसन, मारे आस्तीन में बिजली, चन्द्रावली में चन्द्रावली तथा शहीदेनाज में सईदा इत्यादि। उसने बाद में मूक फिल्मों में भी काम किया।[21]

---

19. Kathryn Hansen, *'Stree Bhumika : Female Impersonators and Actresses on the Parsi Stage'*, EPW, Vol. 33, No. 35, (Aug 29-Sep 4.) pp. 2291-2300.
20. Pandey, Mrinal, *'Moving beyond Themselves : Women in Hindustani Parsi Theatre and Early Hindi Films'*, Economic and Political Weekly, April 29, 2006.
21. पारसी रंग पूर्वा, मुद्रा राक्षस, *रंग-प्रसंग,* जनवरी-मार्च, 2005, अंक-1

परन्तु इतना सब कुछ होने के बावजूद पारसी स्त्रियों के लिए अभिनय आसान नहीं था। इसी सिलसिले में 1904 में सर जमशेद जी की अध्यक्षता में एक बैठक भी हुई पर तमाम बहस-मुबाहिसों के बाद भी पारसी लड़कियों को मंच पर लाने की बात स्वीकृत नहीं हो पाई।[22]

इस सम्बन्ध में एकमात्र अपवाद एक पारसी स्त्री का मिलता है जो एक बहरूपिए के जोर देने पर मंच पर आई। पारसी स्त्री के इस कृत्य ने पारसी समुदाय के भीतर काफी हलचल पैदा कर दी और उस अभिनेत्री पर कम्पनी छोड़ने का दबाव बनाया जाने लगा। एलिजाबेथन थिएटर में भी यही स्थिति थी। वहाँ अंग्रेज महिला दर्शकों का स्वागत तो किया जाता था पर अंग्रेज अभिनेत्री स्वीकार्य नहीं थी।

इस प्रकार हम देखते हैं कि महिलाओं के लिए थिएटर कम्पनियों के द्वार किस तरह खुले। मेरी फेंटन एक एंग्लो इंडियन महिला थी जबकि लतीफा बेगम, मोती जान, मिस फातिमा इत्यादि नाम इंडो मुस्लिम संस्कृति को दर्शाते थे और तवायफों की परम्परा से आए थे। परन्तु अभिनेत्रियों के रंगमंच की दुनिया में प्रवेश, उनके संघर्ष तथा उनसे जुड़ी किंवदन्तियों का इतिहास काफी रोचक रहा है जिनके सम्बन्ध में लिखित सामग्री की उपलब्धता कम है। इसकी विस्तारपूर्वक चर्चा आगे के अध्यायों में की गई है।

पारसी रंगमंच की ही तरह बंगाल में भी रंगमंच की दुनिया में स्त्रियों के प्रवेश को लेकर काफी मत-मतांतर रहे। 1873 में कलकता की 'बंगाल थिएटर' नाम की थिएटर कम्पनी शरतचन्द्र घोष तथा बिहारीलाल चट्टोपाध्याय के नेतृत्व में शुरू हुई। अपनी पुस्तक 'द स्टोरी ऑफ कलकत्ता थिएटर' (1753-1980) में वे बताते हैं कि दरअसल यह थिएटर लाइशियम थिएटर की नकल के रूप में स्थापित हुआ था। घोष तथा चट्टोपाध्याय ने उस समय के कई महत्त्वपूर्ण बुद्धिजीवियों, सरकारी मुलाजिमों, संस्कृत के विद्वानों तथा समाज सुधारकों के मध्य इस विचार पर आम सहमति बनाने का प्रयास किया कि बंगाली रंगमंच पर स्त्रियों को भी अभिनय करने की स्वतंत्रता प्रदान की जाए। उस समय बंगाल में समाज सुधार आन्दोलनों में मधुसूदन दत्त तथा ईश्वरचन्द विद्यासागर के विचार इस विषय पर बिलकुल भिन्न थे। माइकल मधुसूदन दत्त ने रंगमंच पर स्त्रियों की उपस्थिति का तहे दिल से स्वागत किया वहीं ईश्वरचन्द विद्यासागर ने उस समिति के इस फैसले के प्रति विरोध दर्ज करते हुए त्यागपत्र दे दिया, जिसने वेश्याओं द्वारा रंगमंच पर अभिनय करने को अनुमति प्रदान की थी। इस फैसले के बाद बंगाली थिएटर में कलकत्ते के रेड लाइट इलाकों से चार वेश्याओं जगतारिणी, गोपाल सुन्दरी, एलोकेसी तथा श्यामा को लाया गया।[23]

---

22. पारसी रंग पूर्वा, मुद्रा राक्षस, *रंग-प्रसंग,* जनवरी-मार्च, 2005, अंक-1.
23. Dutt, Vishnu Priya, Munsi, Urmimala Sarkar, *'Engendering Performance : Indian Women Performers in Search of Identity',* Sage Publication, New Delhi, 2010.

इस फैसले ने बंगाल के सुशिक्षित समाज में अशान्ति फैला दी। यही वह दौर था जब बंगाल में अंग्रेजी पढ़े-लिखे तथा अपने आचार-व्यवहार में अंग्रेजियत पसन्द तबका 'भद्रलोक' के रूप में उभर चुका था। इस भद्रलोक को वेश्या अभिनेत्रियों के विवाद ने बहुत प्रभावित किया। सार्वजनिक स्थानों में होने वाली बहसों में इस विषय पर काफी चर्चा हुई जिसकी झलक हमें तत्कालीन अखबारों तथा प्रेस विज्ञप्तियों में मिलती हैं। 18 अगस्त, 1873 में 'द हिन्दू पेट्रीऑट' ने लिखा :

> *''बंगाली थिएटर ने अपने पहले प्रदर्शन के लिए माइकल मधुसूदन दत्त की 'सर्मिष्ठा' नाटक को चुना जो अत्यन्त सफल रहा। अभिनेताओं ने अपनी भूमिका बखूबी अदा की तथा उन दो पेशेवर अभिनेत्रियों ने बहुत सफल तरीके से अपने चरित्रों को निभाया। परन्तु हम यह चाहेंगे कि यह थिएटर बिना अभिनेत्रियों के ही चले। यह सच है कि बंगाल में पेशेवर महिलाओं ने जात्रा तथा नाच जैसी लोक कलाओं में कदम रखा है, परन्तु हमने यह आशा की थी कि बंगाली थिएटर के प्रबन्धक जात्रा वालों की तरह अपनी गरिमा और साख को नीचे नहीं गिरने देंगे।''*[24]

जनवरी 1874 में अमृत बाजार पत्रिका ने लिखा :

> *''बंगाल थिएटर सम्भ्रान्त बंगाली समाज के लिए नई चीज है। यह अत्यन्त सुखद और खूबसूरत प्रयास है कि महिलाएँ स्त्री पात्रों की भूमिका अदा करें। परन्तु इसके कारण समाज में अनैतिकता को बढ़ावा मिलेगा और समाज को गलत सन्देश मिलेंगे। यदि ये महिलाएँ जो एक तरह से समाज द्वारा बहिष्कृत तथा अनैतिक (वेश्याएँ) हैं, स्त्री भूमिकाओं का निर्वाह करेंगी तो यह अच्छी बात नहीं होगी। बंगाली थिएटर ने इस कठिन कार्य का भार अपने ऊपर लिया है। अच्छी-खासी जनता है जो उनके रंगमंच के प्रति आकर्षित है तथा अनेक प्रदर्शनों की साक्षी है।''*[25]

सुशील मुखर्जी बताते हैं कि एक ब्रिटिश अखबार 'द इंगलिशमैन' ने भी पेशेवर महिलाओं द्वारा अभिनय किए जाने की आलोचना की थी। मनमोहन बसु ने, जो उस दौर के नाटककार थे, एक बंगाली पत्रिका 'मध्यस्था' में अत्यन्त व्यंग्यात्मक लहजे में इस विषय पर अपने विचार रखते हुए लिखा :

> *''अन्ततः लम्बे समय बाद लड़के तथा पुरुष चैन की साँस ले सकेंगे और उनके घरवाले, उनकी पत्नियाँ आराम से रह सकेंगे। लम्बे समय के बाद वेश्याओं को इस सुशिक्षित समाज में समानता का दर्जा प्राप्त हो सका है। अब वे पुरुषों के साथ-साथ अभिनय कर सकेंगी। अब सही मायने में बंगाली दर्शक वर्ग को*

---

24. Bandyopadhyay, Samik. *2000 Years : A Tolly gunge Club Perspective*, Statesman Printing Press. Calcutta,1981.
25. वही।

सन्तुष्टि हासिल होगी क्योंकि अब इस समाज की नैतिकता को नवअवतरित समूह परिभाषित करेगा।''[26]

परन्तु स्त्री–अभिनेत्रियों के पक्ष में बोलनेवाले भी कई महत्त्वपूर्ण लोग थे जिन्होंने रंगमंच पर स्त्रियों की आवश्यकता एवं उनकी उपयोगिता को अपने तर्कों द्वारा स्पष्ट करने का प्रयास किया। किरणचन्द्र दत्त, जो उस दौर के प्रमुख निर्देशक–नाटककार थे और बंगाल थिएटर के साथ काम कर रहे थे उन्होंने यूरोपियन थिएटर को आधार बनाते हुए यह तर्क दिया कि यूरोप में कई लोग गृहिणी महिलाओं को अभिनय को एक पेशे के रूप में अपनाने के लिए प्रोत्साहित करते हैं। अत: हमें भी महिलाओं को अभिनय की स्वतंत्रता देनी चाहिए।

उनके इस तर्क को आगे बढ़ाते हुए गिरीश घोष ने उन तथ्यों को भी उजागर किया जो बंगाली भद्रलोक में अन्तर्निहित विरोधाभासों को दर्शा रहे थे। अभिनेत्रियों के रंगमंच पर आने का विरोध करने वाले वही बाबू लोग थे जिन्होंने अपने शौक के लिए कई वेश्याओं को अपनी रखैल बनाकर रखा हुआ था। वे निजी तौर पर उनके गाने और नृत्य के प्रशंसक थे परन्तु उन्हीं स्त्रियों के सार्वजनिक प्रदर्शन का वे खुले तौर पर विरोध कर रहे थे। परन्तु गिरीश घोष ने अपने तथ्यों को प्रस्तुत करते हुए इस बात पर गौर नहीं किया कि दरअसल थिएटर का अभिप्राय सिर्फ बाबुओं के लिए प्रदर्शन नहीं था बल्कि वे इस दुनिया के कर्ताधर्ता भी थे और अभिनय भी कर रहे थे। वेश्याओं को रंगमंच पर प्रवेश की अनुमति देने का अर्थ था कि अब प्रतिष्ठित पुरुष समाज के असम्माननीय महिलाओं के साथ सह भूमिका करने जा रहे थे। रंगमंच को लम्बे समय से एक नैतिक संस्थान और सामाजिक व्यवस्था में परिवर्तन लाने वाले मजबूत माध्यम के रूप में देखा जा रहा था। परन्तु वेश्याओं के प्रवेश ने इस स्थापित परिभाषा को बदल डाला। इस सम्बन्ध में दर्शन चौधरी ने अपने एक आलेख में ईश्वरचन्द्र विद्यासागर को इस बात के लिए बधाई दी कि उन्होंने वेश्याओं को अभिनेत्री बनाए जाने पर आपत्ति जाहिर की थी। उनका मानना था कि रंगमंच एक सामाजिक बुलेटिन की तरह है जिसका कार्य समाज में हो रहे बदलावों की घोषणा करना, उस पर तर्क करना और उसे प्रोत्साहित करना है न कि स्वयं इस परिवर्तन में सक्रिय भूमिका अदा करने लगना।

परन्तु बंगाली रंगमंच के संस्थापक गिरीश घोष ने अभिनेत्रियों के पक्ष में अन्य तर्क भी प्रस्तुत किए जिसमें उन्होंने लड़कों द्वारा स्त्रियों की भूमिका अदा किए जाने पर चिन्ता जाहिर करते हुए लिखा :

''जब लड़कों को लड़कियों की भूमिका करने के लिए नियुक्त किया जाता है तो न सिर्फ प्रदर्शन अकुशल होता है— बल्कि इसके कारण लड़कों में वह विकृति पैदा होती है जिसे ठीक होने में कठिनाई पैदा होती है। अपने युवाकाल

---

26. Bandyopadhyay, Samik. *2000 Years : A Tolly gunge Club Perspective*, Statesman Printing Press. Calcutta, 1981.

के प्रारम्भ में ही स्त्रियों की भूमिका अदा करने के कारण वे जीवन भर कुछ खास भंगिमाओं को साथ लेकर चलते हैं।''(स्वयं अनूदित)[27]

अमृत लाल ने इस तर्क को आगे बढ़ाते हुए दो बातों पर जोर दिया :

- वे लड़के, जो स्त्रियों की भूमिका निभाते हैं, जल्दी बड़े हो जाते हैं जिसके कारण वे उस भूमिका के योग्य नहीं बचते अथवा वे स्वयं उस भूमिका को निभाने से इंकार कर देते हैं।
- अच्छे नाटकों के अभाव में थिएटर को बचाए रखने के लिए अभिनेत्रियों की आवश्यकता है।

इस तर्क ने अभिनेत्रियों के जरिए कम्पनी को होने वाले व्यावसायिक फायदे के समक्ष नैतिकता के मुद्दे को गौण कर दिया। परन्तु वेश्या अभिनेत्रियों पर जन्मा विवाद 1873 के बाद भी चलता रहा। 1877 में 'आर्यदर्शन' नामक पत्रिका में जोगेन्द्रनाथ विद्याभूषण ने स्त्रियों द्वारा अभिनय का स्वागत करते हुए अपने तर्क प्रस्तुत किए। उनका मानना था कि यह पहली बार नहीं है बल्कि विभिन्न लोक परम्पराओं जैसे 'जात्रा' तथा 'कीर्तन' इत्यादि में महिलाओं द्वारा अभिनय किया जाना आम बात है। 1795 में नवीन चन्द्र बासु द्वारा श्याम बाजार थिएटर में भी महिलाओं को नियुक्त किया गया था।

इरगो ने एक लेखक के रूप में इस बात की वकालत की कि यह उचित होगा कि हम मनोरंजन के व्यवसाय को उन सुरक्षित हाथों में सौंप दें जो सदियों से मनोरंजन करते आए हैं। व्रिजभूषण ने अपने तर्क को उन समस्त समाज सुधार आन्दोलनों के साथ जोड़ने का प्रयास किया जो स्त्री मुक्ति के सन्दर्भ में 19वीं सदी में बंगाल में चलाए जा रहे थे। वेश्याओं को रंगमंच में प्रवेश की अनुमति देकर बंगाली थिएटर वास्तव में एक महान सामाजिक कार्य कर रहा था। इसने समाज में सबसे अधिक निकृष्ट समझी जाने वाली महिलाओं को उनके कष्टप्रद जीवन से मुक्ति दिलाकर एक सुनहरा रास्ता खोला। व्रिजभूषण ने अपने पाठकों से इन महिलाओं के प्रति संवेदनशील होने की पुरजोर अपील की। साथ ही, वे वेश्यावृत्ति के सांस्थानिक रूप के लिए समाज को उत्तरदायी मानते हुए क्षमाप्रार्थी भी थे। उस समय के स्वास्थ्य अधिकारी डॉ. एफ.सी. फैब्रे होनेरे ने एक आँकड़े के जरिए बताया कि कलकत्ता शहर में उस समय वेश्याओं की संख्या 30,000 थी।[28]

इन समस्त बिन्दुओं से यह स्पष्ट होता है कि उस दौर में थिएटर कम्पनी में कार्यरत बंगाली समुदाय का महिला अभिनेत्रियों को लेकर रुख बहुत हद तक उदारवादी / प्रगतिशील था। जबकि उसी समय राष्ट्रवादी चिन्तन में मग्न कई लोगों

27. Dutt, Vishnu Priya, Munsi, Urmimala Sarkar, *Engendering Performance : Indian Women Performers in Search of Identity*, Sage Publication, New Delhi, 2010.

28. वही।

के विचार अत्यन्त रूढ़िवादी थे। 19वीं सदी के बंगाल का बुद्धिजीवी वर्ग दरअसल कई विचारों में बँटे होने के कारण 'स्त्री सुधार' के प्रश्न पर भी विभाजित था। राष्ट्रवाद के जिस खाँचे में बंगाल की आर्य समाजी नई स्त्री गढ़ी जा रही थी, उसमें उसका क्षेत्र 'घर' था जिसकी पवित्रता और संस्कृति की उसे रक्षा करनी थी, वहीं हाशिए की वे महिलाएँ भी थीं जिनके सुधार का रास्ता बंगाल का ही प्रगतिशील तबका कला के माध्यम से देख रहा था। तीसरी तरफ, थिएटर कम्पनियों के कर्ताधर्ताओं का एक समूह था जो वेश्याओं को अभिनेत्री के रूप में शामिल करने के लिए इच्छुक था जिनके कारण थिएटर कम्पनियों को बहुत फायदा हो रहा था। दर्शकगण बड़ी संख्या में इन अभिनेत्रियों को देखने आया करते थे। परन्तु अभी भी रंगमंच पर जो स्त्री अभिनय कर रही थी वह किसी सम्भ्रान्त घर की स्त्री नहीं बल्कि समाज के निचले तबके से थी। इस दुनिया में आने के लिए मध्यवर्गीय स्त्रियों द्वारा किए गए संघर्षों की विस्तृत चर्चा आगे के अध्यायों में की गई है।

हिन्दी प्रदेशों की स्थिति और अधिक भयावह थी। यहाँ रंगमंच में स्त्रियों का अभाव हमेशा बना रहा। प्रत्येक नाटक मंडली यह अपेक्षा करती थी कि अन्य समाजों की स्त्रियाँ उनके साथ काम करें, परन्तु इसकी शुरुआत उन्होंने अपने घरों से कभी नहीं की। हिन्दी प्रदेशों के जनमानस में यह भावना गहरी पैठ बनाए हुई थी कि रंगमंच में भले घरों की स्त्रियों का अभिनय करना न सिर्फ अशोभनीय है बल्कि इससे उनमें नैतिक मूल्यों में ह्रास तथा घर के कार्यों के प्रति अवहेलना के भाव भी उत्पन्न होंगे। हालाँकि इस समय तक कुलीन परिवारों के लड़कों का भी अभिनय करना शर्मिंदगी का कारण माना जाता था। लड़कियों द्वारा अभिनय तो बहुत दूर की बात थी। 1931 में कुमारी सत्यवती ने 'माधुरी' नामक पत्रिका में यह प्रश्न अपने लेख के माध्यम से उठाया कि हिन्दी रंगमंच पर स्त्रियाँ क्यों नहीं ? उन्होंने न केवल यह सवाल उठाया बल्कि तत्कालीन समय में स्त्रियों की सामाजिक स्थिति एवं भूमिका का भी आकलन किया।[29]

सत्यवती ने स्त्रियों के सम्पूर्ण विकास के लिए अनुकूल परिस्थितियों की माँग की। आज की शब्दावली में कहें तो यह लेख हिन्दी रंगमंच का पहला स्त्री विमर्श है जिसके जरिए लेखिका ने रंगमंच में स्त्रियों के प्रवेश की तार्किक आवश्यकता जाहिर की। नाटकों में स्त्री भूमिका को पुरुषों द्वारा निभाए जाने को लेकर कई आपत्तियाँ उठाते हुए उन्होंने लिखा :

> *''जिस प्रकार जीवन स्त्रीत्व एवं पुरुषत्व इन दो भागों में विभक्त है तथा जीवन के हर कार्य में स्त्री तथा पुरुष दोनों को भाग लेना पड़ता है। उसी प्रकार कला के अंग नाटक में भी, जहाँ जीवन के सुख और दुःख दोनों दिखाए जाते हैं, स्त्री*

29. रंग दस्तावेज, सम्पा. महेश आनन्द, कु. सत्यवती, 'रंगमंच पर स्त्रियों का स्थान', माधुरी, वर्ष-10, खंड -1, 1931, संख्या-5

एवं पुरुष दोनों को भाग लेना चाहिए। दाढ़ी-मूँछ मुड़ाए हुए स्त्री-भेष में पुरुषों का रंगभूमि में आना हास्यास्पद तथा कला की दृष्टि से अपमानजनक है। पुरुष के लिए यह बात सर्वथा अस्वाभाविक होने के कारण यह एकदम असम्भव भी है कि वह सफलतापूर्वक स्त्री की भूमिका अदा कर सके एवं वास्तविक भावों को लोगों के हृदय में उतार सके। क्या यह सम्भव है कि पुरुष के मन में वही भावनाएँ उसी प्रकार जोरों से आन्दोलित हो सकती हैं जिस प्रकार स्त्री के मन में होती हैं? पुरुष किसी बात को उसी तरह महसूस नहीं कर सकता जिस प्रकार स्त्री। और जब हमारा हृदय ही किसी भावना के आवेग से प्रकम्पित नहीं हो रहा है तब यह कैसे सम्भव होगा कि हम किसी दूसरे के मन पर प्रभाव डालने में समर्थ हों। यह कला नहीं, कला का उपहास है। जब भावनाएँ झूठी या बनावटी होंगी तब उनकी अभिव्यक्ति भी वैसी ही होगी। इसलिए कला की दृष्टि से स्त्री का रंगमंच पर आना आवश्यक है। यहाँ आकर ही वे बता सकती हैं कि कला में कितना सौन्दर्य है। ...पुरुष के लिए स्त्रियों के चरित्र का अभिनय करना कदापि हितकर नहीं हो सकता।''[30]

सत्यवती का लेख स्त्रियों की अभिव्यक्ति थी। इस लेख ने उस समय के बौद्धिक जगत में हलचल पैदा कर दी। जिससे उत्तेजित होकर इसके प्रत्युत्तर में कई लेख लिखे गए। 'विशाल भारत' के सह सम्पादक ब्रजमोहन लाल वर्मा ने तो रंग परिवेश की स्थिति को बदलने की बजाय स्त्रियों के मंच पर आने के विचार को ही अतार्किक बताया।[31]

माधुरी के अंक 6 में कुमारी सत्यवती के विचारों को भावुकतापूर्ण एवं अतार्किक बताते हुए उन्होंने लिखा :

''रंगमंच पर स्त्रियों को स्थान दिलाने की अपेक्षा कहीं अधिक महत्त्वपूर्ण प्रश्न है कि क्या रंगमंच पर भले घर की ललनाओं का उतरना वांछनीय है? कला की दृष्टि से मैं पहले ही स्वीकार कर चुका हूँ कि स्त्री की भूमिका स्त्री के द्वारा किया जाना निश्चय ही वांछनीय है। परन्तु क्या सदाचार, नैतिकता और चरित्र गठन आदि की दृष्टि से हमारी लड़कियों का नाटक कला में अभिनय करना वांछनीय एवं उचित है? क्या रंगमंच पर ना थिरकने से ही हमारी देवियों की शक्तियाँ अविकसित होकर नष्ट हो रही हैं? क्या थिएटर में ही नाच कर स्त्रियों की शक्ति के अपव्यय को रोका जा सकता है? संसार की कितनी महान स्त्रियों ने नाटक में अभिनय करके अपना विकास किया है?''[32]

---

30. रंग दस्तावेज, सम्पा. महेश आनन्द, कु. सत्यवती, 'रंगमंच पर स्त्रियाँ का स्थान', माधुरी, वर्ष-10, खंड-1, 1931, संख्या-5
31. वही।
32. रंग दस्तावेज, सम्पा. महेश आनन्द, ब्रजमोहन वर्मा, 'रंगमंच और स्त्रियाँ', माधुरी, वर्ष-10, खंड-1, 1931, संख्या 6

इस प्रकार की कई टिप्पणियाँ इस लेख में की गईं, जिनमें तत्कालीन समाज की संकीर्णता की झलक मिलती है। इसने रंगमंच के सहज विकास एवं उसमें स्त्रियों के प्रवेश को बार-बार अवरुद्ध किया। यही वह दौर था जब महात्मा गांधी के आह्वान पर हजारों की संख्या में स्त्रियाँ देश की आजादी के लिए घरों से बाहर निकल रही थीं। पूरा देश एक बड़े परिवार में तब्दील हो चुका था।

स्वाधीनता-आन्दोलन में महिलाओं की भागीदारी गांधीजी की बदौलत सम्भव हो पाई। 1920 के बाद वे एक जीते-जागते महापुरुष में तब्दील हो चुके के थे। गांधी जी का यह मानना था कि कई काम सिर्फ महिलाएँ ही कर सकती हैं। मधु किश्वर के अनुसार :

> *"गांधीजी ने सार्वजनिक जीवन में स्त्रियों को एक नया आत्म-सम्मान, नया विश्वास, नई आत्मछवि दिलाई जिसके कारण स्त्रियों का सार्वजनिक जीवन में आना सम्भव हो सका। परन्तु यह सिर्फ इसलिए सम्भव हो सका क्योंकि तब स्वतंत्रता आन्दोलन को एक धार्मिक मिशन माना गया और गांधी को महात्मा। यह कोई राजनीतिक कृत्य नहीं है यह सोचते हुए घर के पुरुषों ने भी अपनी महिलाओं को इसमें भाग लेने की सहर्ष अनुमति दे दी।"*[33]

परन्तु उसी दौर में एक और वर्ग भी सक्रिय था जो संस्कृति, सभ्यता एवं परम्परा के नाम पर स्त्रियों की स्वतंत्रता को बाधित कर रहा था। इस बहस को रंगमंच की दुनिया में भी तलाशा जा सकता है। जहाँ एक तरफ तरक्की पसन्द तबका था तो दूसरी तरफ परम्परावादी। स्त्रियों के रंगमंच में अभिनय को लेकर अपने विचार रखते हुए चाँद पत्रिका (1921) में प्रकाशित लेख "गृह पत्नी या कला देवी" में रामकृष्ण ने कहा कि :

> *"क्या हमारी गृहिणियाँ अभिनेत्री बनकर गृहस्थ, गौरव और दांपत्य के उत्तरदायित्व को उसी खुशी और तत्परता से वहन कर सकती हैं जो एक गैर-अभिनेत्री के लिए सम्भव है? हमारा प्रश्न यहीं समाप्त नहीं होता, इसमें दांपत्य जीवन की पवित्रता और पारिवारिक जिम्मेवारियों से भी बड़ी सांस्कृतिक निर्मलता का प्रश्न है।"*[34]

जनवादी आन्दोलनों से नुक्कड़ नाटकों का सम्बन्ध भारत में ही नहीं बल्कि सम्पूर्ण विश्व में बहुत पुराना है। इस दृष्टि से उन्नीसवीं शताब्दी के उत्तरार्द्ध और बीसवीं शताब्दी का पूर्वार्द्ध उल्लेखनीय समय है जब रूस, ब्रिटेन और जर्मनी में 'वर्कर्स थिएटर मूवमेंट' की शुरुआत हुई। श्रमिक वर्ग और उसके संगठनों को परिवर्तन के संघर्ष की ऐतिहासिक शक्ति के रूप में देखा गया और उनकी समस्याओं

---

33. Madhu Kishwar, 'Gandhi on Women', *Economic and Political Weekly*, Vol. 20, No. 41 (Oct. 12, 1985), pp. 1753-1758.
34. रंग दस्तावेज, सम्पा. महेश आनन्द, 'गृह पत्नी या कला देवी', रामकृष्ण, चाँद, अप्रैल, 1940, पृष्ठ 103

को नाटकों के माध्यम से उठाया गया। इस प्रक्रिया में 'वर्कर्स थिएटर मूवमेंट' ने नए नाट्यरूपों की खोज की, जो इन नए विषयों को नए प्रदर्शन स्थलों पर समुचित ढंग से अभिव्यक्त कर सके। चाहे वह रूस का 'ब्लू ब्लाउज थिएटर' हो, जर्मनी का 'प्रोलितारियत थिएटर' हो या ब्रिटेन का 'रेड प्लेयर्स', सभी ने अपने-अपने समाजों में परिवर्तन के संघर्ष में उल्लेखनीय भूमिका निभाई और नुक्कड़ नाटक को स्थापित किया। भारत में इप्टा आन्दोलन, आपातकाल के व्यापक जनांदोलन और आज की आन्दोलनधर्मी स्थितियों में नुक्कड़ नाटक का अस्तित्व न सिर्फ बरकरार है बल्कि विकासमान भी है। जनवादी आन्दोलन में सहायक इन नाटकों ने सत्ता का कड़ा प्रतिरोध भी सहा है। उदाहरण के लिए केन्या की जनता की सांस्कृतिक पहल का बर्बरता से दमन करती सरकार के बारे में अफ्रीका के साम्राज्यवाद विरोधी लेखक न्गुनी वा थ्योंगो लिखते हैं :

> *''मिसाल के तौर पर 1977 में कामीरिथू कम्युनिटी एजुकेशनल एंड कल्चरल सेंटर, लिंगरु के किसानों और मजदूरों ने अपने गाँव में एक बहुत बड़ा मुक्तांगन मंच बनाया और वहाँ हजारों लोगों की मौजूदगी में एक नाटक 'न्गाहिका न्दींदा' (आइ विल मेरी ह्वैन आइ वांट) का प्रदर्शन किया। केन्याई अधिकारियों ने दखलन्दाजी करके इसे फौरन रुकवा दिया। 1982 के प्रारम्भ में इसी दल ने एक और नाटक 'माइतू न्जुगीरा' का मंचन करना चाहा। लेकिन अधिकारियों ने नाटक का मंचन फिर नहीं होने दिया।*[35]

किसान-मजदूरों का यह मुक्तांगन मंच नुक्कड़ ही था।

भारत में आजादी से पहले और उसके बाद कई ऐसे जनवादी आन्दोलन खड़े हुए जिनसे जनवादी रंगकर्म, विशेषतः नुक्कड़ नाटक लेखन को बल मिला और इन नाटकों ने भी कई आन्दोलनों में अपना यथासम्भव सहयोग दिया। उनमें साहित्यिक-सांस्कृतिक आन्दोलनों के प्रगतिशील लेखक संघ और इप्टा तथा राजनीतिक-सामाजिक आन्दोलनों में से मजूदरों, किसानों, महिलाओं और दलितों द्वारा चलाए गए आन्दोलनों को जानना आवश्यक है।

1936 के पश्चात् राष्ट्रीय आन्दोलन में भी वामपन्थ की गूँज सुनाई देने लगी और इधर 'प्रगतिशील लेखक संघ' नामक अखिल भारतीय संस्था साहित्यिक गतिरोध, जड़ता और पस्ती से अलग नए समाज, नई आशा, शोषण के अन्त के लिए साहित्यिक स्तर पर सक्रिय हो गई। इसी समय भारत में किसान मजदूर संगठन सामन्तवाद-उपनिवेशवाद के तहत हो रहे शोषण के विरुद्ध खड़े हो चुके थे। 1934 में अंग्रेज सरकार ने भारत के साम्यवादी दल को गैर-कानूनी घोषित कर दिया था।

प्रगतिशील आन्दोलन के उद्भव ने साहित्य की प्रत्येक विधा को प्रभावित किया। नाट्य साहित्य भी इस प्रभाव से अछूता नहीं रहा। लोकनाट्य की परम्परा से

---

35. प्रज्ञा, *नुक्कड़ नाटक : रचना और प्रस्तुति*, राष्ट्रीय नाट्य विद्यालय, 2006. पृष्ठ 17

अपना सम्बन्ध जोड़े हुए नाटक व्यापक सामाजिक यथार्थ को लेकर जनता के पास पहुँचे। इस सन्दर्भ में शिवकुमार मिश्र ने लिखा :

> *"भारतेन्दु युग के पश्चात यों तो छायावाद युग में प्रसाद, उदयशंकर भट्ट, हरिकृष्ण प्रेमी एवं रामकुमार वर्मा आदि ने नाटकों के प्रणयन में एक नया अध्याय जोड़ा, किन्तु जहाँ तक सामाजिक यथार्थ के चित्रण का प्रश्न है, नाटकों में उसका उत्कर्ष एक लम्बे अन्तराल के बाद प्रगतिशील आन्दोलन के दौर में ही दिखायी दिया।"*[36]

प्रगतिशील साहित्य में नाटक की भूमिका पर विचार करते हुए रेखा अवस्थी लिखती हैं :

> *"सन् '30 के बाद जनजागरण के सन्दर्भ में नाटक को रंगमंच से जोड़ने की ऐसी आवश्यकता थी जिससे जन-रंगमंच का निर्माण सम्भव हो सके। नाटक लेखन को रंगमंच से जोड़ने की समस्या भारतेन्दु युग में उठी थी और भारतेन्दु मंडल के लेखकों ने यथार्थवादी रंगमंच का निर्माण भी किया था। बीसवीं सदी के चौथे दशक के यथार्थवादी लेखकों के सामने वही समस्या, नए सामाजिक, राजनीतिक सन्दर्भों में और भी गम्भीर रूप में धारण कर प्रकट हुए।"*[37]

प्रगतिशील आन्दोलन के दौरान नाटक वस्तु और रूप के धरातल पर नुक्कड़ नाटकों के पास आया। इसी समय रंगकर्म ने अभिजनवादी सिद्धान्त का अतिक्रमण कर अपना रुख जनवाद की ओर मोड़ा। इसके फलस्वरूप नाट्य रंगमंचीय रूढ़ियों और अभिजनवादी सौन्दर्याभिरुचियों से मुक्त हुआ। शिवकुमार मिश्र लिखते हैं :

> *"लोक जीवन को प्रधानता देने के हामी प्रगतिशील नाटककारों ने नाटक को भी लोकजीवन के साथ घनिष्ठतापूर्वक जोड़ने के लिए परम्परागत जननाट्य रूपों को पढ़े-लिखे शहरी समाज तक सीमित न रखकर सामान्य दर्शकों को केन्द्र में रखते हुए नाटकों की रचना की और स्वत: ही सामान्य जन ने उनके मंचन में रुचि ली।"*[38]

प्रगतिशील आन्दोलन के दौर में बड़े और लम्बे नाटकों की अपेक्षा एकांकी नाटकों को अधिक सफलता प्राप्त हुई। इन एकांकियों में सामाजिक यथार्थ के प्रत्येक आयाम को उभारा गया। संक्षिप्त और सरल एकांकियों में कलागत सजीवता का ध्यान बखूबी रखा गया। इन एकांकियों में निम्नवर्गीय जीवन के चित्र उभारे गए। जिन रचनाकारों के माध्यम से इस युग का यथार्थपरक एकांकी साहित्य समृद्ध हुआ, उनमें भुवनेश्वर, अश्क, प्रभाकर, उदयशंकर भट्ट, भगवतीचरण वर्मा, अमृतराय, रांगेय राघव, यशपाल आदि की गणना की जा सकती है।

---

36. प्रज्ञा, *नुक्कड़ नाटक : रचना और प्रस्तुति*, राष्ट्रीय नाट्य विद्यालय, 2006. पृष्ठ 21
37. वही।
38. वही।

इन समस्त बहसों के बावजूद धीरे-धीरे ही सही अब प्रगतिशील विचारों वाले परिवारों में स्त्रियों के रंगमंच पर अभिनय करने को लेकर जड़ता की स्थिति नहीं रह गई है। जिस समय भारत में ब्रिटिश साम्राज्यवाद और अन्तर्राष्ट्रीय स्तर पर फासीवादी शक्तियों का विरोध चरम पर था उस समय साम्राज्यवाद और फासीवाद से लड़ने के लिए जनता को तैयार करने के उद्‌देश्य से इप्टा (इंडियन पीपुल्स थिएटर एसोसिएशन या भारतीय जन नाट्‌य संघ) की स्थापना हुई। इप्टा ने रंगकर्म के माध्यम से जन-जागृति में महत्त्वपूर्ण भूमिका निभाई। उसने नाट्‌यों को सिर्फ थिएटर हाउसों तक सीमित नहीं रखा बल्कि गली, मोहल्लों, कस्बों और गाँवों तक पहुँचाया। इसके लिए उसने लोक नाट्‌य रूपों जैसे जात्रा, तमाशा, स्वांग, नौटंकी आदि का उपयोगी समकालीन यथार्थ को प्रस्तुत करते हुए जनता तक अपना सन्देश पहुँचाने के लिए किया। इस तरह जननाट्‌य की प्रगतिशील परम्परा को पुनर्जीवित करते हुए नाट्‌य एक नई पहचान के साथ सामने आया।

1942 से इप्टा जैसी नाट्‌य संस्थाओं के सक्रिय होने के उपरान्त नाटकों एवं गीतों के माध्यम से आम जनता के संघर्ष को बल मिला। जहाँ एक तरफ पारसी रंगमंच ने आर्थिक लाभ को केन्द्र में रखा, जिसका उद्‌देश्य विशुद्ध रूप से जनता का मनोरंजन करना था वहीं इप्टा तथा उस दौर की अन्य जनवादी नाट्‌य संस्थाओं ने अपने नाटक का विषय जनता की समस्याओं, उनके प्रति हो रहे अन्याय तथा संघर्षों को बनाया। इन यथार्थ आधारित सोद्देश्य जन नाटकों ने रंगमंच के क्षेत्र में भारी परिवर्तन किया। इस दिशा में पृथ्वी थिएटर की भूमिका भी अत्यन्त सराहनीय है। 1944 में पृथ्वी थिएटर की स्थापना के बाद पृथ्वीराज कपूर ने थिएटर के माध्यम से जनवादी आन्दोलनों को बहुत समर्थन दिया। इस थिएटर में इप्टा की कार्यकर्ता एवं रंगकर्मी रह चुकी कई महिलाओं ने व्यावसायिक तौर पर बतौर अभिनेत्री काम करना शुरू कर दिया।

उन अभिनेत्रियों में जोहरा सहगल भी थीं, जिन्होंने अपनी आत्मकथा 'करीब से (अनुवादित)' में पृथ्वी थिएटर के उन दिनों को याद करते हुए कई महत्त्वपूर्ण बातें लिखी हैं।[39]

आजादी के उपरान्त कई अभिनेत्रियों जैसे तृप्ति मित्रा, शोभा सेन, केतकी दत्ता, सुलभा देशपांडे, सुधा शिवपुरी, सुरेखा सिकरी, उत्तरा बावकर, रोहिणी हटंगड़ी, सुनीला प्रधान इत्यादि ने पुरुषवादी मानदंडों से परे जाकर महत्त्वपूर्ण भूमिकाएँ निभायीं। अब इस क्षेत्र में सिर्फ अभिनेत्रियाँ ही नहीं रह गई थीं बल्कि महिला निर्देशिकाओं का भी एक समूह उभर रहा था जिसमें शान्ता गांधी, विजया मेहता, ज्वॉय मिशेल, उषा गांगुली, रेखा जैन, प्रतिभा अग्रवाल, बी. जयश्री, कीर्ति जैन, नीलम मानसिंह, अनुराधा कपूर, त्रिपुरारी शर्मा, अमाल अल्लाना इत्यादि नाम

39. 'औरतें और रंगमंच', विशेषांक, *नुक्कड़*, अप्रैल-सितम्बर, 2007, अंक-35-36

उल्लेखनीय हैं। इन्होंने न सिर्फ अभिनय प्रक्रिया को पुनर्व्याख्यायित किया बल्कि रंगमंच को कई ऐतिहासिक नाटक भी प्रदान किए।[40]

बावजूद इसके, रंगमंच की दुनिया में स्त्रियों की स्थिति पहले से बेहतर हुई, यह कहना अतिशयोक्ति होगी। जो स्त्रियाँ मंच पर अभिनेत्री के रूप में उतर रही थीं वे अभी भी सामाजिक दृष्टि से हेय दृष्टि से देखी जाती थीं। नाटककार एवं निर्देशिका के रूप में भी उन्हें इस दुनिया में जगह बनाने के लिए काफी मशक्कत करनी पड़ी। अभी भी प्रबन्धक के तौर पर स्त्रियों की उपस्थिति लगभग नगण्य थी। बावजूद इसके, आजादी के उपरान्त उभरी स्त्रियों की इस पहली पीढ़ी ने रंगमंच की दुनिया में अपनी सफलता का परचम लहराया। विजया मेहता मुम्बई में और शैलजा भाटिया दिल्ली में मशहूर निर्देशिका के तौर पर उभरीं। रोशन अल्काजी उस जमाने में वेशभूषा विश्लेषक थीं। यहाँ तक कि नया थिएटर जैसी नाट्य कम्पनी, जिसके साथ आमतौर पर हबीब तनवीर का नाम जोड़ा जाता है, वह भी मोनिका मिश्रा तनवीर के अथक प्रयासों एवं उनके कुशल प्रबन्धन-संयोजन के बिना खड़ा न हो पाता। उस नाट्य कम्पनी में तीन और स्त्रियाँ—फिदाबाई, मालाबाई और नगीन तनवीर ने भी नया थियेटर के प्रबन्धन को अब तक सँभाल रखा है। इसके बावजूद सम्पूर्णता में उस दौर में रंगमंच के अवलोकन के अनुसार यह सत्य है कि महिलाएँ हाशिए पर थीं।[41]

1960 का दशक न सिर्फ भारत में बल्कि वैश्विक स्तर पर भी काफी उथल-पुथल भरा रहा। नव-सामाजिक आन्दोलनों के फलस्वरूप उभरे दलित, अश्वेत तथा स्त्री आन्दोलनों ने अपनी अस्मिता तथा संघर्ष को अपने नजरिए से रखना शुरू किया। 1970 का दशक वैश्विक स्तर पर आन्दोलनों का दशक रहा। इस दौरान बड़ी संख्या में सामूहिक प्रयास के रूप में नाटक खेले गए, जो स्त्री मुद्दों पर केन्द्रित थे। भारत में 1970 के अन्तिम एवं 80 के प्रारम्भिक दशक में जब जन नाट्य-मंच की स्थापना हुई तब स्त्रीवादी आन्दोलन महिलाओं के प्रति हो रही घरेलू एवं सामाजिक हिंसा पर अपना ध्यान केन्द्रित किए हुए था। 'जनम' ने अपने शुरुआती दिनों से ही लिंग-आधारित भेद-भाव के प्रति चेतना जागृति का कार्य प्रारम्भ कर दिया था। इसी क्रम में उसने 'औरत' नामक नाटक का मंचन किया जो बहुत सफल रहा। 1979 में स्त्री शक्ति नामक बने संगठन का मुख्य मुद्दा दहेज विरोध था। इसके द्वारा 'ओम स्वाहा' नामक नाटक खेला गया जिसकी अखबारों में खूब चर्चा और सराहना हुई। इसे बाद में इस नाटक को भारत के हर भाग में मंचित किया गया। वो बोल उठी, बहू, रुदाली, बेटी आई है इत्यादि कुछ और ऐसे नाटक थे जो बहुत मशहूर हुए। इन नाटकों ने महिला आन्दोलन को मजबूती प्रदान की तथा इसके माध्यम से जनता को पितृसत्ता की संरचना और उसके शोषण के ताने-बाने को समझने में मदद मिली।

40. ए.डी. धारवाड़कर, 'वुमन ऑथरशिप एंड कंटेम्परेरी इंडियन थिएटर', *नुक्कड़*, 2007, पृष्ठ 13
41. 'औरतें और रंगमंच', विशेषांक, *नुक्कड़*, अप्रैल-सितम्बर, 2007, अंक-35-36

यह अपने आप में एक रोचक इतिहास है कि पिछले डेढ़ सौ सालों में स्त्रियों ने किस प्रकार रंगमंचीय दुनिया में अपनी जगह बनाई। शुरुआती दौर से सामाजिक स्वीकार्यता, सम्मान तथा समान अधिकार पाने के लिए उन्होंने बहुत संघर्ष किया। हर कदम पर असमानता एवं सामाजिक हीनता की स्थिति का सामना करने के बावजूद उन्होंने कभी हार नहीं मानी। हम सभी इस इतिहास से परिचित हैं कि नटी विनोदिनी, जो बंगाल की एक अभिनेत्री थीं, उन्होंने सिर्फ अपने नाम पर एक थिएटर की इच्छा के कारण एक धनाढ्य की रखैल तक बनना स्वीकार किया था।[42]

समय के साथ स्थितियाँ बदलीं और दो मशहूर थिएटर हाउस मुम्बई का 'पृथ्वी थिएटर' और बेंगलुरु का 'रंग शंकर' स्त्रियों द्वारा देखे गए स्वप्न के परिणाम के रूप में हमारे सामने आए। जब भी महिलाओं ने रंगमंच की बागडोर सँभाली, उन्होंने उसमें अपनी संवेदना और सरोकारों को भी शामिल किया जो उनकी पहचान से ज्यादा मायने रखते थे। वे समाज के साथ व्यापक तौर पर जुड़ाव चाहती थीं। दूसरे शब्दों में, महिलाएँ रंगमंच की दुनिया में अपना कमरा चाहती थीं। लेकिन आज भी, इतनी सारी उपलब्धियों के बावजूद स्त्रियों पर केन्द्रित रंगमंचीय गतिविधियों का अभाव है। स्त्री रंगकर्मियों द्वारा अभिनीत भूमिकाओं तथा उनके संघर्षों का स्त्रीवादी परिप्रेक्ष्य में अध्ययन किया जाना आवश्यक है। वह दुनिया, जो स्त्रियों के लिए सर्वथा वर्जित थी, उसका उपयोग स्त्रीवादी आन्दोलनों ने एक रणनीति के रूप में अपने मुद्दों को उठाने तथा लोगों के बीच उसके प्रति संवेदनशीलता पैदा करने के लिए किया। इस दृष्टि से भी रंगमंच के परम्परागत इतिहास के बरक्स नारीवादी दृष्टि से इसके इतिहास का पुनर्लेखन एवं पुनरावलोकन किया जाना आवश्यक है।

इस पुस्तक के अन्तर्गत राष्ट्रवाद, जेंडर तथा रंगमंच के बीच अन्तर्सम्बन्धों पर हुई बहसों का विश्लेषण, पारसी, बंगला, मराठी तथा हिन्दी प्रदेशों के रंगकर्म में स्त्रियों की यात्रा के इतिहास पर चर्चा की गई है। पारसी रंगमंच में स्त्रियों के इतिहास के तहत यह तलाशने का प्रयास किया गया है कि रंगमंच की दुनिया में महिलाओं का प्रवेश किस प्रकार सम्भव हो सका ? वे किस वर्ग, जाति तथा सांस्कृतिक परिवेश की स्त्रियाँ थीं जिन्हें पारसी रंगमंच में सबसे पहली अभिनेत्री का दर्जा दिया गया।

1950–70 के दशक में दिल्ली रंगमंचीय गतिविधियों का केन्द्र बन चुका था। राष्ट्रीय नाट्य विद्यालय ने रंगमंच को संस्थानीकृत रूप देना प्रारम्भ कर दिया था। जिसके क्रम में रंगमंच की दुनिया में महिलाओं के पर भी शोध और लेखनकार्य प्रारम्भ हुआ। वसुधा डालमिया की 'पोएटिक्स प्लेस एंड परफार्मेंस : द पॉलिटिक्स ऑफ मॉडर्न–इंडियन थिएटर (2006)', अपर्णा धारवाड़कर की 'थिएटर ऑफ इंडिपेंडेंस : ड्रामा थ्योरी एंड अरबन परफॉर्मेंस इन इंडिया सिन्स 1947' तथा एरिन मी की 'थिएटर ऑफ रूट्स : रिडायरेक्टिंग द मॉडर्न इंडियन स्टेज (2000)' इस

42. 'औरतें और रंगमंच', विशेषांक, *नुक्कड़*, अप्रैल–सितम्बर, 2007, अंक 35–36

विकास के इतिहास पर महत्त्वपूर्ण प्रकाश डालते हैं। डालमिया ने यह दिखाने का प्रयास किया है कि इस काल में रंगमंचीय गतिविधियों की सूचना, समीक्षा, नाटकों के अनुवाद तथा निर्देशक एवं नाटककार के साक्षात्कारों पर केन्द्रित विभिन्न पत्र-पत्रिकाएँ विपुल मात्रा में उपलब्ध थीं। डालमिया ने उस दौर के चार महत्त्वपूर्ण नाटककारों—मोहन राकेश (हिन्दी), बादल सरकार (बंगाली), गिरीश कर्नाड (कन्नड़) तथा विजय तेन्दुलकर (मराठी) की लेखन शैली तथा उनमें विद्यमान जेंडर प्रश्नों के प्रति उदासीनता की विस्तारपूर्वक चर्चा की है।

नन्दी भाटिया द्वारा लिखित 'कृति परफॉर्मिंग वूमन/परफॉर्मिंग वुमनहुड' वस्तुतः अलिखित तथ्यों का दस्तावेजीकरण है। उन्होंने उन महिलाओं को प्रकाश में लाने का प्रयास किया है जिन्होंने पितृसत्तात्मक मानदंडों से परे जाकर अपने लिए पारिभाषित शब्दावली 'मध्यवर्गीय स्त्री' के नैतिक दबावों से मुक्त होकर रंगमंचीय गतिविधियों में अपनी जगह बनाई। उन्होंने कई नाटककारों के लेखन शैली की भी समीक्षा की है। वे बताती हैं कि इन लेखकों ने बहुत हद तक आधुनिक स्त्रीत्व को भी गढ़ने का प्रयास किया जो नारीवादी मूल्यों को आगे बढ़ाती और जेंडर आधारित लैंगिक भूमिकाओं को तोड़ती नजर आती थीं। यह पुस्तक रंगमंच के क्षेत्र में हो रहे शोधों में आलोचनात्मक दृष्टिकोण जोड़ती है जिसमें आधुनिक भारतीय रंगमंच में कार्यरत अनेक स्त्री कलाकारों की व्यक्तिगत जिन्दगी, स्त्रियों द्वारा रचित एवं निर्देशित नाटक तथा पुरुषों द्वारा प्रस्तुत नाटकों में स्त्री-पात्रों के चित्रण की समग्र तस्वीर प्राप्त होती है और पाठकों को रंगमंच को स्त्री के दृष्टिकोण से देखने, सुनने और समझने का अवसर मिलता है। इस सन्दर्भ में मीनोती चटर्जी की थिएटर 'वियोंड द थ्रेसहोल्ड' (2004), दीप्ति प्रिया महरोत्रा की गुलाब बाई : 'द क्वीन ऑफ नौटंकी थिएटर' (2006), जोहरा सहगल की आत्मकथा 'स्टेजेज : द आर्ट एंड एडवेंचर्स ऑफ जोहरा सहगल' (1997) तथा विनोदिनी दासी की 'माई स्टोरी एंड माई लाइफ : ऐस एन ऐक्ट्रेस' (1998) भी अत्यन्त महत्त्वपूर्ण रचनाएँ हैं।

रिमली भट्टाचार्य ने विनोदिनी दासी की आत्मकथा पर टिप्पणी करते हुए लिखा है :

> *''विनोदिनी ने मध्यमवर्गीय राष्ट्रवादी प्रवृत्ति की धारणा को खारिज करते हुए न सिर्फ इस दुनिया में अभिनय की मिसाल पेश की बल्कि एक थिएटर के निर्माण के लिए अपना जीवन रंगमंच को समर्पित कर दिया। परन्तु उसने अपने शिक्षक तथा साथियों से हमेशा उपेक्षा और विश्वासघात ही पाया।''*

हालाँकि हाल के कुछ वर्षों में विनोदिनी की कहानी ने लेखकों, फिल्म-निर्देशकों, विद्वानों तथा नाटककारों का ध्यान आकर्षित किया है। भट्टाचार्य ने इस कहानी को उन्नीसवीं सदी के प्रारम्भिक वर्षों में स्त्री कलाकारों के द्वारा किए गए संघर्षों के साथ जोड़ने का भी प्रयास किया है। मेहरोत्रा द्वारा नौटंकी की साम्राज्ञी

कही जाने वाली गुलाबबाई के अतुलनीय योगदान की चर्चा उनकी पुस्तक 'गुलाब बाई : द क्वीन ऑफ नौटंकी थिएटर' (2006) में की गई है। उन्होंने नौटंकी की इस मल्लिका के प्रति सरकार द्वारा बरती गई बेरुखी की चर्चा भी की है। वे बताती हैं कि एक तरफ तो उन्हें सरकार द्वारा पद्मश्री से सम्मानित किया गया, वहीं दूसरी तरफ सरकार की तरफ से वित्तीय सहायता के रूप में उनके समूह को अत्यन्त छोटी राशि प्रदान की गई। 1996 में गुलाबबाई की मृत्यु आर्थिक परिस्थितियों से लगातार ज़ूझते रहने के कारण हुई।

इसके अतिरिक्त टुनटुन मुखर्जी की 'स्टेजिंग रेसिस्टेंश' (2005), लक्ष्मी सुब्रमण्यम की 'मफल्ड ब्वायसेस : वुमेन इन मार्डन इंडियन थिएटर' (2002) भारत में रंगमंचीय गतिविधियों में सक्रिय विभिन्न भारतीय भाषाओं की निर्देशिकाओं, पटकथा-लेखिकाओं तथा अभिनेत्रियों के वैविध्यपूर्ण जीवनानुभवों की विहंगम तस्वीर प्रस्तुत करती है। इस दृष्टि में मुखर्जी की पुस्तक अत्यन्त महत्त्वपूर्ण है। उन्होंने विभिन्न क्षेत्रीय भाषाओं के नाटकों का अंग्रेजी अनुवाद कर उसे व्यापक पाठक वर्ग के लिए पठनीय बनाया है। वहीं, लक्ष्मी सुब्रमण्यम की पुस्तक उत्तर औपनिवेशिक भारत में लिखित तथा मंचित नाटकों में महिलाओं के प्रस्तुतीकरण पर केन्द्रित है। यह पुस्तक दो भागों में विभाजित है। पहला भाग स्त्री रंगकर्मियों के स्वरों को उभारता है। सीगल प्रकाशन द्वारा महाश्वेता देवी के पाँच नाटकों का प्रकाशन किया गया है। वहीं 'सीगल क्वाटरली' में नुक्कड़ नाटकों तथा उस विधा में कार्यरत कलाकारों का जिन्दगीनामा प्रकाशित है। इसके अतिरिक्त, विभिन्न लेखक/लेखिकाओं द्वारा रंगमंच के साथ महिलाओं के रिश्ते को समझाने के लिए कई जीवनवृत्त भी लिखे गए हैं। जैसे—रीना नन्दा की कमला देवी चट्टोपाध्याय (2002), तहीरा नकवी द्वारा इस्मत चुगतई की कहानियों का अनुवाद, जे.एन. कौशल द्वारा शीला भाटिया के आलेखों, साक्षात्कारों तथा बातचीत का विस्तृत ब्यौरा तथा राष्ट्रीय नाट्य विद्यालय की अंग्रेजी पत्रिका थिएटर इंडिया (नवम्बर, 2000 तथा मई, 2001) के कुछ खास आलेख जैसे 'वूमेन दैट मैन क्रियेटेड' तथा 'वूमेन डॉयरेक्टर्स डायरेक्शन' आदि बहुत महत्त्वपूर्ण हैं। रंगमंच के क्षेत्र में हो रहे शोधों में महिलाओं के योगदान की अनदेखी करने का विरोध करते हुए लता सिंह अपनी पुस्तक 'प्ले हाउस ऑफ पावर : थिएटर इन कोलोनियल इंडिया' (2009) में औपनिवेशिक काल में रंगमंच की स्थिति पर केन्द्रित आलेखों को संगृहीत करती हैं। इसमें कुछ आलेख रंगमंच तथा जेंडर के अन्तर्सम्बन्धों पर केन्द्रित हैं।

कई ऐसे शोध कार्य भी हुए हैं जो लोक प्रचलित परम्पराओं, नुक्कड़-नाटकों तथा शहरी रंगमंच के विभिन्न भाषायी तथा क्षेत्रीय सन्दर्भों में स्त्री कलाकारों के प्रति विद्यमान तनावों को अभिव्यक्त करते हैं। कैथरिन हैन्सन की ग्राउंड फॉर प्ले : 'द नौटंकी थिएटर ऑफ नॉर्थ इंडिया' (1992) में वे नौटंकी की विधा पर विस्तारपूर्वक

चर्चा करती हैं। वे बताती हैं कि किस प्रकार शास्त्रीय परम्पराओं ने नौटंकी को एक उपेक्षित विधा के रूप में देखा। औपनिवेशिक भारत में राष्ट्रवाद की राजनीति के तहत नौटंकी जैसी लोक परम्परा को हाशिए पर रखा गया जिसके कारण वे महिलाएँ जो इस विधा की कलाकार थीं, उन्हें मुख्यधारा की सांस्कृतिक परम्परा के वाहक के तौर पर नहीं देखा गया। डायना ड्रीमीट्रोया की 'जेंडर, रिलीजन एंड मॉडर्न हिन्दी ड्रामा' (2008) में वे उन्नीसवीं सदी के प्रारम्भिक दशकों में जेंडर, धर्म तथा आधुनिकता के मध्य जुड़ाव की चर्चा करती हैं। उसी प्रकार पंकज के. सिंह अपनी पुस्तक 'रिप्रेजेंटिंग वूमन : ट्रेडिशन लीजेंड एंड पंजाबी ड्रामा' (2000) में वे पंजाबी ड्रामा में महिलाओं के चित्रण पर चर्चा करते हैं। डालमिया की पुस्तक 'पोएटिक्स, प्लेस एंड परफॉर्मेंस : द पॉलिटिक्स ऑफ माडर्न इंडियन थिएटर' (2006) आजादी के उपरान्त उभरे नाटककारों तथा निर्देशकों के कार्यों की चर्चा करती है। प्रणाली शर्मा गोस्वामी की पुस्तक 'फीमेल कैरेक्टर इन मॉडर्न असमिस ड्रामा 1857-1977' (2004) औपनिवेशिक आसाम में नाटकों में स्त्री चरित्रों की बदलती हुई भूमिका की चर्चा करती है।

सारांशतः ऊपर वर्णित समस्त शोधकार्यों, पुस्तकों, आलेखों में कई ऐसे लेख हैं जो जीवनवृत्तों अथवा आत्मकथाओं के रूप में अभिनेत्रियों, निर्देशिकाओं, नाटककारों तथा विभिन्न क्षेत्रीय रंगमंचों जैसे बंगाल, असम, पंजाब तथा हिन्दी प्रदेशों पर केन्द्रित है। फिर भी, अभी तक कोई ऐसा शोध-ग्रन्थ उपलब्ध नहीं है जो उत्तर भारत में औपनिवेशिक शासन से स्वतंत्रता के पश्चात तक क्रमानुसार रंगमंच का समग्र विवरण प्रस्तुत कर सके। सम्भवतः इसका एक बड़ा कारण यह हो सकता है कि इस सम्बन्ध में कोई स्रोत प्रत्यक्ष उपलब्ध न हो। उस दौर के सेन्सर रिपोर्टों को देखकर हमें जेंडर की राजनीति की एक भिन्न तस्वीर प्राप्त होती है। ठीक उसी तरह पत्रिकाओं, अखबारों तथा साप्ताहिकों के जरिए हमें यह पता चलता है कि किस प्रकार 'पब्लिक स्फेयर' में प्रिंट मीडिया ने रंगमंच में महिलाओं के प्रवेश की बहस को सतत जारी रखा। सैद्धांतिक तौर पर पार्थ चटर्जी के आलेखों में उन्नीसवीं सदी में राष्ट्रवाद तथा स्त्री प्रश्नों पर चली बहस का ब्यौरा मिलता है। बंगाल की परिस्थितियों की समीक्षा करते हुए वे बताते हैं कि राष्ट्रवाद की लहर ने उस दौर में स्त्री प्रश्नों के महत्त्व को बढ़ा दिया था। परन्तु 19वीं सदी के अन्त तक अचानक स्त्री-प्रश्न राष्ट्रीय एजेंडे से गायब होने लगे। इस सन्दर्भ में वे कई प्रश्न भी उठाते हैं कि क्या राष्ट्रवाद ने स्त्री प्रश्नों को हल कर दिया था या स्त्री प्रश्नों का महत्त्व कम हो गया था। अन्त में वे बताते हैं कि घर तथा बाहर के विभाजन ने स्त्री को घर की परिधि में ला दिया था और उसके साथ ही स्त्री प्रश्न भी सार्वजनिक की बजाय निजी दायरे में सिमट गए थे। परन्तु उसी वक्त सार्वजनिक दुनिया में अभिनेत्रियों के प्रवेश ने घर तथा बाहर की दुनिया में एक नई बहस को पैदा किया।

लता सिंह (2009), विष्णुप्रिया दत्त (2009) एवं मृणाल पाण्डेय (2006) आदि द्वारा हाल ही में किए गए अध्ययनों से औपनिवेशिक काल में बंगाल और महाराष्ट्र से सम्बन्धित हिन्दुस्तानी रंगमंच और भारत में अंग्रेज अभिनेत्रियों के जटिल इतिहास की ओर हमारा ध्यान आकृष्ट होता है। लता सिंह स्वीकार करती हैं कि 'सम्भ्रान्तता' की मध्यवर्गीय अवधारणा और नैतिकता सम्बन्धी आदर्शों ने अभिनेत्रियों को वेश्या के रूप में प्रस्तुत किया, क्योंकि एक पवित्र और निष्ठावान अच्छी पत्नी जो स्वयं को केवल एक पुरुष के साथ प्रदर्शित करती है; से अलग रंगमंच की जरूरतों के हिसाब से अभिनेत्रियों को अनेक अजनबी लोगों के साथ दिखाया जाता है। लता सिंह तर्क देती हैं कि एक दौर में थिएटर को सफल बनाने में अभिनेत्रियों का यांत्रिक उपयोग किया जाने लगा।

मृणाल पाण्डेय स्त्रियों की प्रस्तुति सम्बन्धी कहानियों को पारसी थिएटर के जमाने से दादासाहेब फाल्के के समय के भारतीय सिनेमा के साथ जोड़ती हैं। चुनिन्दा स्त्री अभिनेता को और गायक, जिन्होंने स्वयं को रंगमंच और फिल्मों (मूक एवं बोलती) का खास व्यक्तित्व, साबित कर दिया था, परन्तु बाद में वे प्राथमिक तौर पर विस्तृत हो गए, क्योंकि वे सम्भ्रान्तता की अवधारणा के साथ उपयुक्त नहीं बैठते थे। मृणाल पाण्डेय इस प्रवृत्ति के प्रति ध्यान देते हुए थिएटर कम्पनियाँ बनाने वाले विख्यात-थिएटर हस्तियों द्वारा अभिनेत्रियों और कार्यकर्ताओं के प्रति बरती जाने वाली उन बिडम्बनाओं, विरोधाभासों, पाखंडी प्रवृत्तियों का संकेत करती हैं।

अनुक्रम

स्त्रियों का रंगमंच में प्रवेश : समकालीन बहसें

रंगमंच की अभिनेत्रियाँ : एक असहमतिजनक इतिहास

रंगमंच के इतिहास में अभिनेत्रियों का सांकेतिक उल्लेख मिलता है, यहाँ तक कि स्केच के रूप में भी प्रस्तुत की गई सूचनाएँ यह दिखाती हैं कि उनकी उपस्थिति उस दौर में सतत तनाव और विवाद का स्रोत हुआ करती थी। उन्हें रंगमंच की दुनिया की पवित्रता को दूषित करनेवाली के रूप में देखा गया। पूरे भारत के स्तर पर यह बहस का मसला था कि रंगमंच में महिलाओं को प्रवेश दिया जाए या नहीं। बंगाल के अभिलिखित इतिहास से यह स्पष्ट हो जाता है कि अभिनेत्रियों ने 1795 में लेबेडे की प्रस्तुति के साथ ही आधुनिक बंगाली रंगमंच पर अपना स्थान कायम

कर लिया था, तब भी मिसेज एम्माब्रिस्टो (एक अमीर अंग्रेज की पत्नी) जिन्होंने अपने ही घर में एक थिएटर कम्पनी की स्थापना की और ऐसी अभिनेत्रियों से काम लिया जो मर्दों का भी किरदार निभाती थीं। 19वीं शताब्दीं की सुविख्यात अंग्रेज अभिनेत्रियों में मिसेज फ्रैंसिस, मिसेज ब्लैण्ड, मिसेज एटकिंसन (ड्रूरी लेन से) एवं मिसेज चेस्टर (लन्दन के थिएटर रॉयल से) का नाम लिया जाता है। इनमें से सभी ने बंगाल के थिएटर में काम किया। बंगाली रंगमंच पर भारतीय अभिनेत्रियों का प्रथम प्रवेश पेशेवर रूप में बंगाल थिएटर की प्रस्तुति माइकेल मधुसूदन (1824–1973) के नाटक 'शर्मिष्ठा' में 1973 में हुई।[1]

अभिनेत्री के रूप में स्त्रियों की भागीदारी ने जिस विवाद को जन्म दिया, वह स्थानीय अखबारों तथा अंग्रेजी अखबारों में भी काफी चर्चा और बहस का विषय बनी। हेमेन्द्र प्रकाश दासगुप्ता की 'दी इंडियन स्टेज', जो बंगाली रंगमंच से सम्बन्धित लगभग 300 पृष्ठों की सामग्री है, में वे रंगमंच एवं अभिनेत्री विषय पर एक संक्षिप्त विवरण प्रस्तुत करते हुए बताते हैं कि यह कदम पुरुष पटकथा लेखकों, बुद्धिजीवियों और पत्रकारों के बीच जबरदस्त बहस का विषय बना। दासगुप्ता इसका श्रेय बंगाल थिएटर को देते हैं तथा अभिनेत्रियों की नियुक्ति के लिए बंगाल थिएटर की जोरदार प्रशंसा करते हैं जो इस महत्त्वपूर्ण बदलाव का अगुवा बना। उनके शब्दों में :

> *"थिएटर को कला विद्यापीठ बनाने हेतु रंगमंच पर स्त्री कलाकारों को प्रस्तुत किया जाना आवश्यक है, क्योंकि मुख्य कलाकार कितना भी समय मिलने पर वह काम नहीं कर सकते। प्रतिष्ठित वर्ग से युवक उपलब्ध नहीं हो सकते और सर्वश्रेष्ठ युवकों के रहने पर भी स्तरीयता नहीं आ सकती।"*[2]

आगे दासगुप्ता इस बात को स्वीकार करते हैं कि अभिनेत्रियाँ शहरों से आती हैं परन्तु जब तक प्रतिष्ठित परिवारों की उदार विचारों वाली सुसंस्कृत महिलाएँ अभिनय नहीं करतीं, तब तक थिएटर के पास सामान्य स्तर की अभिनेत्रियों से काम चलाने के सिवा कोई चारा नहीं रहेगा। दासगुप्ता की इस घोषणा के पीछे उस चिन्ता को देखा जा सकता है जो उन्नींसवीं शताब्दी के प्रेस जगत और बुद्धिजीवियों की रूढ़िवादी सोच को रेखांकित करती है, जो रंगमंच पर अभिनेत्रियों के प्रवेश से सम्बन्धित है। उनके वेश्यावृत्ति से सम्बद्ध होने के कारण यह खासतौर पर समस्यामूलक है। एक अनुमान है कि इन अभिनेत्रियों की माताएँ वेश्या थीं। एक अन्य कारण के रूप में उनके कामकाजी वर्ग से जुड़ी पृष्ठभूमि है और वित्तीय परिस्थितियाँ हैं, जिसके कारण उन्होंने मजदूरी के आधार पर थिएटर की नौकरी अपनाई। इन वैविध्यपूर्ण

1. Nandi Bhatia, *Performing Women / Performing Womanhood : Theatre, Politics, and Dissent in North India,* September, 2010.
2. Hemendra Nath Das Gupta, *The Indian Stage,* Munshi Ram Manoharlal, 2002, Reprint.

पृष्ठभूमियों और परिस्थितियों से सम्बन्धित कारणों से अभिनेत्रियों को वैसी स्त्री के तौर पर पेश किया गया जो सम्भ्रान्तता की सीमाओं का अतिक्रमण करती थी। जिनके कारण घरेलू जीवन के आदर्शों को धक्का लग रहा था और उन्होंने थिएटर की जगह को, उसमें काम करनेवाले पुरुष वर्ग को प्रदूषित कर दिया था।

थिएटर में काम करने हेतु मध्यवर्गीय महिलाओं की अनुपलब्धता और थिएटर को एक आर्थिक व्यवसाय बनाए रखने की जरूरत के कारण अभिनेत्रियों की आवश्यकता थी, इसलिए कई थिएटर मालिकों ने अपने दरवाजे कामकाजी वर्ग की महिलाओं के लिए खोल दिए। थिएटर को एक सम्मानजनक स्थान के रूप में प्रस्तुत करने की जरूरत के चलते उनके प्रवेश की इजाजत दी गई, बशर्ते कि वे सुधरी हुई हों। ऐसे एजेंडा का इस तर्क द्वारा भी समर्थन किया गया, जो क्षेत्रनाथ भट्टाचार्जी जैसे लोगों द्वारा दिए गए थे, जिन्होंने राष्ट्रीय थिएटर में अभिनेत्रियों के प्रवेश के सन्दर्भ में कहा था :

> *"वर्तमान थिएटर के कर्मचारियों में कोई महिला कलाकार नहीं है। इसे शीघ्र ही एक दोष के रूप में देखा जाएगा और इस दोष को दूर करने के उपाय किए जाएँगे। कुछ वेश्याएँ शिक्षा प्राप्त करना चाहती हैं। यदि ऐसी कुछ शिक्षित स्त्रियाँ मिल जाती हैं, तो इसके सुखद परिणाम किसी भी तरह की बुराई पर भारी पड़ेंगे।"*[3]

थिएटर की आर्थिक स्थिति में सुधार के लिए अभिनेत्रियों के प्रवेश के औचित्य की जितनी अनुपस्थिति इस लेखक को खल रही थी, उसे थिएटर में एक दोष की तरह देखा गया। वेश्याओं को स्वीकार करने की इच्छा को भी शिक्षा की आड़ में व्यक्त किया गया, जिसकी प्राप्ति के पश्चात का तर्क था किसी भी तरह की बुराई का समाप्त हो जाना। बुराई से लेखक का अभिप्राय स्पष्ट हो जाता है, परन्तु कोई यह अनुमान लगा सकता है कि यह उस प्रकृति को संकेतित करता है, जो सामान्य क्रियाओं का उल्लंघन करता है, एक ऐसी प्रकृति जिसे शिक्षा के सहारे गौण किया जा सकता है। अन्ततः यह चर्चा थिएटर को कला मानने के मुद्दे को संदिग्ध बना देता है। सार्वजनिक थिएटर में स्त्रियों ने जो स्थिति प्राप्त कर ली थी, उसे स्पष्ट करने के लिए एक अन्य पत्रकार ने 18 अगस्त, 1873 के 'हिन्दू पैट्रियाट' में लिखा कि :

> *" 'जात्रा' बंगाल के लोक नाट्य में अभिनेत्रियों के समावेश के बारे में हम चाहेंगे कि ये लोग बिना अभिनेत्रियों के ही अपना काम चलाएँ। यह सच है कि पेशेवर स्त्रियाँ जात्रा में भाग लेती हैं, परन्तु हमारी आशा थी कि बंगाली थिएटरों के प्रबन्धक स्वयं को 'जात्रावाला' के स्तर पर नहीं लाएँगे।"*[4]

---

3. Bandyopadhyay, Samik. *Calcutta 2000 Years : A Tolly Gunge Club Perspective,* Statesman Printing Press. Calcutta, 1981. दासगुप्ता, 2002, पृष्ठ 228 में उद्धृत।
4. Chatterjee Sudipto, *the Colonial stage,* Seagull Publication, 2007, pp. 219. दासगुप्ता, 2002, पृष्ठ 231 में उद्धृत।

अभिनेत्रियों के सन्दर्भ में दिए गए वक्तव्य के कारण ऊँची और निम्न संस्कृति की राजनीति के लिए जमीन तैयार होती है, उस विमर्श के माध्यम से जो शहरी और लोक रंगमंच को परस्पर विरोध का विषय बनाती है। लोकमंच के लिए अभिनेत्रियों का उपयोग स्वीकार्य था, परन्तु शहरी सम्भ्रान्त थिएटरों के लिए नहीं जिनका संचालन अभिजात्य बंगाली समाज द्वारा किया जाता था और जिसमें मध्यवर्गीय दर्शक विधिवत भाग लेते थे। अभिनेत्रियों का सामाजिक चिन्ताओं एवं नाराजगी का विषय बने रहना इस प्रतिक्रिया से स्पष्ट हो जाता है, जो ईश्वरचन्द्र विद्यासागर की ओर से आई। वे एक प्रकांड लेखक और समाज-सुधारक थे जिन्होंने बंगाल थिएटर का समर्थन और संस्करण किया परन्तु अभिनेत्रियों के प्रवेश के प्रश्न पर थिएटर के प्रति अपने समर्थन को वापस ले लिया। 'दी इंग्लिशनमैन (18 अगस्त, 1873)' में एक पत्रकार ने लिखा :

> *"कलकत्ते में थिएटरवाले आजकल गुस्से का पात्र बने हुए हैं। बंगाली थिएट्रिकल कम्पनी बनाई गई है। शनिवार, 16 अगस्त को यह थिएटर शुरू हुआ। बैठने की जगह सुव्यवस्थित और सुन्दर है। माइकेल मधुसूदन दत्त के नाटक शर्मिष्ठा को प्रथम प्रस्तुति के लिए चुना गया था। अभिनेत्रियों ने अपनी भूमिका बहुत अच्छी तरह निभाई। दो स्त्रियाँ, जो पेशेवर स्त्रियाँ थीं, सर्वाधिक सफल रहीं। पर हमारी राय है कि इन अभिनेत्रियों के बिना भी यह नाटक हो सकता था।"*[5]

इस मत के प्रतिकूल माइकेल मधुसूदन दत्त ने थिएटर के संस्थापकों को बंगाल थिएटर में अभिनेत्रियों को शामिल करने के लिए राजी किया। दत्त के अनुसार :

> *"यह अत्यन्त अस्वाभाविक है कि मूँछों की निशानी वाले पुरुषों की जगह स्त्रियाँ प्रस्तुत की जाएँ। यदि आप थिएटर का मतलब समझते हैं तो उसका अर्थ अभिनेत्रियाँ होता है। आप स्त्रियों को प्रस्तुत करें और मैं आपके लिए नाटक लिखा करूँगा।"*[6]

वास्तव में दत्त के प्रयास से ही बंगाल ने 'शर्मिष्ठा' में चार अभिनेत्रियों को प्रस्तुत किया, जिनमें से दो शुरुआत के दिन 16 अगस्त, 1873 को प्रस्तुत हुईं। यह स्पष्ट नहीं है कि थिएटर में अभिनेत्रियों के प्रवेश के समर्थक दत्त ने इन स्त्रियों को पेशेवर के रूप में स्वतंत्र व्यक्ति के रूप में देखा। इसके बजाय मूँछों के निशानवाले पुरुषों के, जो स्त्रियों की भूमिका किया करते थे, अधिक योग्य माना। इस तरह के यथार्थवाद ने पुरुषों द्वारा स्त्रियाँ की भूमिका अदा किए जाने की परम्परा को अवास्तविक माना। इसे न केवल एक कलात्मक चुनौती के रूप में देखा गया, बल्कि राष्ट्र को प्रभावित करनेवाली पुरुषवादी अवधारणा के प्रति कमी लानेवाले

5. दासगुप्ता 2002 : 231
6. वही, पृष्ठ 229

तत्त्व के रूप में भी देखा गया। लता सिंह अभिनेत्रियों के महत्त्व को थिएटर कम्पनियों को श्रेणीक्रम में रखकर देखती हैं। कलकत्ता में अभिनेत्रियों को ऐसी बग्घी में बिठाकर थिएटर में लाया जाता था, जिनके दरवाजे सदा बन्द रहते थे, जब तक कि वे थिएटर तक पहुँच नहीं जाती थीं।[7] ऐसा करते समय थिएटर प्रबन्धक अभिनेत्रियों की सुरक्षा सुनिश्चित करते थे और वे उन्हें दर्शकों की दृष्टि से परे रखते थे ताकि वे उन्हें मंच पर देखने के लिए आएँ। इस प्रकार दत्त की टिप्पणी न केवल शहरी थिएटर के सुधारवादी थिएटर के आदर्शों की पूर्ति की दृष्टि से थिएटर में अभिनेत्रियों के प्रवेश को उचित ठहराती है, बल्कि यह थिएटर की आर्थिक सम्पन्नता भी चाहती है, जिसके लिए इस व्यवसाय में आगे बढ़ने के लिए संस्था को दर्शकों को आकर्षित करना जरूरी था। कलाकार के रूप में स्त्रियों की मौजूदगी और नैतिक रूप से उत्थानकारी के रूप में थिएटर की प्रस्तुति के कारण अधिकाधिक दर्शकों को आकर्षित करने के लिए यह सम्भावनापूर्ण माध्यम प्रतीत होता था। अभिनेत्रियों के प्रति की गई पिछली टिप्पणियाँ वह सन्दर्भ प्रस्तुत करती हैं, जो थिएटर के स्थान का मूल्यांकन राष्ट्र के सांस्कृतिक इतिहास के सन्दर्भ में करने की कोशिश करता है। साथ ही यह भी दर्शाता है कि एक राष्ट्रीय सांस्कृतिक संस्थान के रूप में थिएटर की भूमिका को किस प्रकार परिवर्तित या प्रभावित किया जा सकता है, यदि इसमें स्त्रियाँ आ जाती हैं।

परन्तु राष्ट्र के सांस्कृतिक जीवन में थिएटरों की क्या मान्यता थी? कई शोधों से पता चलता है कि एक मनोरंजन विषयक गतिविधि होने के साथ-साथ उन्नीसवीं शताब्दी के अन्त तक थिएटर उपनिवेश-विरोधी नाटकों के मंचन का भी स्थान बन गया था। जिस समय ब्रिटिश शासन ने 'ड्रामेटिक परफार्मेंस ऐक्ट, 1876' पास किया था, उनका इन प्रदर्शनों के बारे में कहना था कि सम्भव है कि ये सरकार के प्रति असन्तोष भावना को भड़काएँ अथवा किसी अन्य तरह से जनहित के विरुद्ध हों। इससे पता चलता है कि उन दिनों थिएटर उपनिवेशवाद के प्रति आलोचनाओं का केन्द्र बन गया था, जो कुछ नाटकों यथा दीनबन्धु मित्रा (1830-1973) के 'नील दर्पण' (1860), उपेन्द्रनाथ दास (1848/9-1895) के 'सुरेन्द्र विनोदिनी' (1875), दक्षिणचरण चट्टोपाध्याय के 'चाकर दर्पण' (1875) और 'गायकवाड़ दर्पण' (1875) से स्पष्ट है। तथापि इस किस्म का राष्ट्रवाद जब इसने औपनिवेशिक शासन पर हमला किया, औपनिवेशीकृत राष्ट्र की नैतिक पहचान को और अधिक स्वास्थ्यप्रद बनाने वाला साबित हुआ। थिएटर की गतिविधियों से सम्बन्धित ऐसे विचारों के विकास के साथ उन अभिनेत्रियों से सम्बन्धित यह प्रश्न

7. Singh, Lata (ed.), *Play House of Power : Theatre in Colonial India,* Oxford University Press, London, 2010

मुख्य विषय बन गया जिन्होंने राष्ट्र को रंगमंच पर प्रवेश किया था। उन पर राष्ट्र की अखंडता को बनाए रखने का दायित्व दिया गया। अपनी सामाजिक स्थिति के कारण एक अभिनेत्री के रूप में अत्यन्त ऊँचे रसूख और स्टार थिएटर में अपने योगदान के बावजूद उन्नीसवीं शताब्दी के बंगाली रंगमंच पर अभिनेत्रियों की भूमिका की चर्चा करते हुए विनोदिनी कहती हैं :

> *"अभिनेत्रियाँ स्त्री विषयक मुद्दों को प्रस्तुत करती हैं। बहुत सारे समाज-सुधारों एवं साक्षरता अभियानों सहित जो महिलाओं के प्रति केन्द्रित है, केवल महिलाएँ ही उन्हें सार्वजनिक मंच पर प्रस्तुत करती हैं। परन्तु विडम्बना यह है कि ये महिलाएँ इतनी भद्र नहीं थीं कि इन्हें सामाजिक तौर पर स्वीकार किया जा सके। इन तथाकथित अशुद्ध महिलाओं को रंगमंच पर प्रस्तुत करनेवाली महिलाओं का चित्रण भी पहेली रहा है, वे अपनी नाट्य-प्रस्तुतियों के माध्यम से दर्शकों को धार्मिक मूल्यों की दृष्टि से शिक्षित करती हैं, तब भी वह राष्ट्र-निर्माता के काम में हाशिए पर रखी जाती हैं।"*[8]

1920 एवं 1930 के दशक में मराठी रंगजगत में भी इस विषय पर चल रही बहस कि 'क्या महिलाओं के लिए थिएटर में भूमिकाएँ निभाना उचित है', काफी मजबूत हो गई। नीरा अडारकर के अनुसार :

> *"इस तरह की बहसों के पैदा होने के अनेक कारण थे, जिनमें एक था सिनेमा के साथ कड़े मुकाबले के कारण थिएटर उद्योग का अवसान।"*[9]

तथापि जैसा कि अडारकर बतलाती हैं, महिलाओं के थिएटर में काम करने के पक्ष-विपक्ष में जो दलीलें दी जा रही थीं, उनकी जड़ें पितृसत्तात्मक नैतिकता में निहित थीं। ऐसी बातें रंगभूमि जैसी पत्रिकाओं में स्थान पाती रही थीं जिसने 1915 के प्रथम चरण में अपने पाठकों को खुली बहस के लिए आमंत्रित किया, जिसका विषय था 'कुलीन स्त्री और थिएटर।'' इसमें एक प्रश्नावली जारी करके नैतिक मूल्यों, कला के विकास और कुलीन महिलाओं के थिएटर में प्रवेश के लाभ और हानि विषयक प्रश्न किए गए थे। इसमें पुरुष पाठकों की बड़ी संख्या में प्रतिक्रिया आई, इस संवाद में ऐसा प्रतीत होता है कि केवल एक महिला ने भाग लिया। सबसे बढ़कर अडारकर बतलाती हैं कि 'रंगभूमि' में महिलाओं के पक्ष में दिए गए विचार, थिएटर कला के विकास और थिएटर को अश्लीलता, अभद्रता से मुक्त कराने की जरूरत सम्बन्धी आलेख, स्त्रियों की भूमिकाएँ पुरुषों द्वारा अदा किए जाने के स्थान पर स्त्री कलाकारों के स्वयं अभिनय और सृजन से सम्बन्धित थे। इस बहस के मुख्य

8. Dasi, Binodini, *Amar Kath,* Subanarekha, Calcutta, 1411 (Bengal Year).
9. Neera Adarkar, 'In Search of Women in History of Marathi Theatre', 1843 to 1933, *Economic and Political Weekly,* October 26, 1991.

विषय के अन्तर्गत नैतिकता और सामाजिक स्थिरता की प्राप्ति में कला के उपयोग पर जोर दिया गया था। जैसा कि आडरकर बतलाती हैं, नैतिकता के पक्षकारों का कहना था कि यदि थिएटर की सम्मानित दुनिया में स्त्री और पुरुष दोनों आते हैं, तो नैतिकता पर इसका प्रतिकूल प्रभाव पड़ेगा। पति के सिवा उसके स्थान पर किसी और पुरुष की कल्पना, स्वयं में ही अनैतिक थी।[10]

पुरुषों द्वारा महिलाओं के थिएटर में काम किए जाने के प्रति की गई आपत्तियों से जैविक प्रश्न भी उपस्थिति हो गए। यदि महिलाएँ थिएटर को अपने पेशे के तौर पर अपनाती हैं, तो मासिक धर्म की अवधि में कम्पनी को अपना 'शो' बन्द कर देना पड़ेगा? पुरुष भी अभिनेत्रियों को उसके अशुद्ध दिनों में स्पर्श करना नहीं चाहेगा। उन लोगों ने यह भी सवाल किया कि क्या भरत (नाट्यशास्त्र के प्रणेता) द्वारा प्रतिपादित थिएटर की पवित्रता ऐसी अशुद्ध हरकतों से बची रह सकती है? यदि प्रेमचन्द की कहानी को इस चर्चा में शामिल कर देखें तो उनके द्वारा निर्मित अभिनेत्री को थिएटर की कला सम्बन्धी बहस के साथ जोड़कर देखा जा सकता है और समाज की स्थिरता के लिए एक नैतिक बल के रूप में ऐसी स्थिरता जिसे उस राष्ट्रवाद के लिए महत्त्वपूर्ण माना गया, जो औपनिवेशिक शासन से स्वतंत्रता के लिए संघर्ष कर रहा था।[11]

इस समय हिन्दी नाटकों में अभिनेत्रियों से सम्बन्धित चर्चाओं के प्रति विभाजित दृष्टिकोण बन गया था। अंशत: इस कारण कि अब उनका झुकाव नाटकों से अधिक साक्षरता की ओर हो गया है। उन्नीसवीं शताब्दी से स्त्रियों से सम्बन्धित प्रश्न केवल यही प्रतीत होता है कि इसने पटकथा लेखकों और समीक्षकों के मन में घर कर लिया है जैसा कि भारतेन्दु हरिश्चन्द्र की कृतियों में दिखाई पड़ता है। बीसवीं शताब्दी के अन्तिम दिनों में गैर-व्यावसायिक हिन्दी रंगमंच में दो प्रमुख कारकों का उदय हुआ। जैसा कि वसुधा डालमिया ने लिखा है, एक धारा के अन्तर्गत ऐतिहासिक विषयों पर नाटक लिखे जाते थे, जिनमें अतीत काल से ही राष्ट्रवादी आकांक्षाओं का निहित होना दिखाया जाता था, जबकि भाषा और शिल्प के स्तर पर वे समसामयिक सरोकारों को व्यक्त करते थे। दूसरी धारा घरेलू विषयों से सम्बन्धित थी जिसके अन्तर्गत स्त्री-पुरुष सम्बन्धों का मनोवैज्ञानिक अध्ययन प्रस्तुत किया जाता था, जिसके साथ प्राय: समाज सुधार की भावना भी शामिल रहा करती थी। अब यदि स्त्री-पुरुष सम्बन्ध महत्त्वपूर्ण हो गया, तो स्त्रियों और अभिनेत्रियों पर ध्यान दिया जाना भी जरूरी हो गया, जिसके उदाहरण हिन्दी

10. Neera Adarkar, 'In Search of Women in History of Marathi Theatre', 1843 to 1933, *Economic and Political Weekly*, October 26, 1991.
11. Nandi Bhatia, *Performing Women / Performing Womanhood : Theatre, Politics, and Dissent in North India*, September, 2010.

पत्रिकाओं में उस समय होने वाली बहसों में मिल जाते हैं। खासकर उन दो लेखों में जो 1931 में माधुरी में प्रकाशित हुए थे, 'रंगमंच पर स्त्रियों का स्थान' (सत्यवती द्वारा लिखित) एवं 'रंगमंच और स्त्रियाँ' (ब्रजमोहन द्वारा लिखित)। इसमें बंगाली और मराठी थिएटर सम्बन्धी चर्चा के क्रम में हिन्दुस्तानी अभिनेत्रियों से सम्बन्धित विषय पर जोरदार बहस चली, जिसमें स्त्रियों की सम्भ्रान्तता (अभिनेत्री और दर्शक के रूप में) और सामाजिक रूप से उत्तरदायी रंगमंच की भूमिका के सम्बन्ध में दोनों लेखकों ने अपने विचार दिए।

हिन्दुस्तानी नाटकों ने भी, खासकर पारसी थिएटर ने, अभिनेत्रियों की अनुपस्थिति को यह कहते हुए प्रोत्साहित किया कि पुरुषों के लिए स्त्री की भूमिका को निभाना आसान है और स्त्रियों को उन पुरुष अभिनेताओं के साथ प्रतियोगिता और सह-अस्तित्व में बने रहना पड़ता है, जो महिलाओं के रूप में अभिनय करते हैं। इसे सुन्दरी की आत्मकथा और मास्टर फिदा हुसैन के रंगमंचीय जीवन से सम्बन्धित संग्रह के अध्ययन से समझा जा सकता है। अभिनेत्री-विषयक सुन्दरी के एकाध उदाहरणों से स्त्री की भूमिका करने के उसके आरम्भिक अवसरों का पता चलता है।[12]

पाठकों को इसकी कोई वजह नहीं बतलाई गई है कि अभिनेत्रियों ने थिएटर क्यों छोड़ा? हम अनुमान ही लगा सकते हैं कि लाभ कमाने वाले थिएटर मालिकों द्वारा उनका निष्कासन अभिप्रेरित था। कम्पनी को सम्मानजनक रूप से पेश किए जाने वाले हित को लेकर, खासकर जब से मध्यवर्ग की सम्भ्रान्तता का सवाल सामने आया, स्त्रियों को आम उपयोग के लिए रंगमंच पर पेश नहीं किया जा सकता था और उन्हें सार्वजनिक प्रदर्शन से बाहर कर दिया गया। इस सम्बन्ध में लता सिंह, कमला गोखले के एक वक्तव्य को प्रस्तुत करती हैं, जिन्होंने इस विषय पर चर्चा की कि किस प्रकार महिलाएँ मराठी थिएटर में भी उग्र विरोध का सामना कर रही थीं, खासकर उन अभिनेताओं द्वारा जो रंगमंच पर महिलाओं की भूमिकाएँ किया करते थे।[13]

1927 तक जिस समय प्रेमचन्द ने 'एक्ट्रेस' कहानी लिखी, पारसी थिएटर कम्पनियाँ इस पूरे उपमहाद्वीप में छा चुकी थी और अभिनेत्रियों के सन्दर्भ में जो बहस उन्नीसवीं शताब्दी में शुरू हुई थी, इस समय भी जारी थी और थिएटर दर्शकों के बीच अपनी लोकप्रियता को गानों और आइटम नम्बर के माध्यम से व्यक्त कर रही थीं। इस समय की मशहूर अभिनेत्रियों में एंग्लो-इंडियन अभिनेत्री पेनशन कपूर शामिल थीं।[14]

---

12. Nandi Bhatia, *Performing Women / Performing Womanhood : Theatre, Politics, and Dissent in North India,* September, 2010.
13. वही।
14. Pandey, Mrinal,' Moving beyond Themselves : Women in Hindustani Parsi Theatre and Early Hindi Films', *Economic and Political Weekly,* April 29, 2006.

उच्च कलाकारों में सीता देवी जो 'हिस मास्टर्स वायस' (HMV) म्यूजिक कम्पनी द्वारा संरक्षित और निखारी गई थीं और फिर वे मशहूर गायिका बन गईं। फिदा हुसैन उनके योगदान की भी चर्चा करते हैं जिन्होंने हिन्दुस्तानी और पारसी थिएटर कम्पनियों में बीसवीं सदी के आरम्भ में काम किया। इनमें मशहूर गायिका कज्जनबाई (जिन्होंने नूरजहाँ को सिखाया) एवं अमीना खातून (यह भी एक कव्वाली गायिका थीं), जिन्होंने पूरनभगत में नायिका की भूमिका अदा की।[15]

सीता देवी मूलतः ढाका की थीं। ये हिन्दी में प्रशिक्षण पाने के बाद पारसी थिएटर की एक कुशल अभिनेत्री बन गईं। इन्होंने मिनर्वा थिएटर, कलकत्ता में नरसी मेहता नाटक में केन्द्रीय भूमिका निभाई। इन्होंने पंजाब में भी चलता पुरजा जैसे नाटकों के माध्यम से अच्छी-खासी भीड़ इकट्ठी की। अन्य बंगाली अभिनेत्रियाँ, जिन्होंने हिन्दुस्तानी थिएटर में काम किया वे थीं, मुकुल ज्योति एवं रानी बनर्जी। इसके अतिरिक्त उड़ीसा की एक अभिनेत्री, जिसका नाम कमला गुप्ता था, ने 'नलदमयन्ती' में नायिका की भूमिका अदा की।[16]

हुसैन यह भी स्वीकार करते हैं कि 'मूनलाइट' थिएटर की सफलता का मुख्य कारण सीता देवी की अभिनय कुशलता थी। फिर भी विभिन्न समुदायों में नैतिकता के प्रति जो लोग विश्वास करते थे कि सचमुच की हाड़-मांसवाली स्त्रियों की थिएटर में उपस्थिति रंगमंच पर नैतिक मूल्यों को ध्वस्त कर देगी और अतिशय व्यभिचार को बढ़ावा देगी, जिसका परिणाम उन पुरुष अभिनेताओं पर, जो स्त्रियों की भूमिकाएँ किया करते हैं, सम्पादकों, निर्देशकों और थिएटर मालिकों पर बहुत ज्यादा पड़ेगा। अतएव वे थिएटर मालिकों से यथासम्भव वास्तविक महिला को व्यावसायिक थिएटर कम्पनियों से जुड़ाव को रोके जाने का आग्रह करते हैं।[17]

इस समय पौराणिक नाटकों की लोकप्रियता जो संयोगवश हिन्दुस्तानी शक्तियों से मेल खाती थी, महाभारत और रामायण के पुरुष और स्त्री पात्रों को आदर्श राष्ट्र-निर्माता के रूप में देखते थे, स्त्रियों के बारे में एक दर्शक और अभिनेता के रूप में फिर से चर्चा होने लगी। आदर्श हिन्दू स्त्री की छवि को जानने के लिए स्त्रियों के लिए नाटकों का देखा जाना सम्मानजनक बना दिया गया और दर्शक-वर्ग में उनकी संख्या बढ़ गई। नारायण प्रसाद बेताव जिनके द्वारा लिखित

15. Kathryn Hansen, 'Stri Bhumika : Female Impersonators and Actresses on the Parsi Stage', *Economic and Political Weekly,* Vol. 33, No. 35 (Aug 29-Sep 4.) pp. 2291-2300
16. Nandi Bhatia, *Performing Women / Performing Womanhood : Theatre, Politics, and Dissent in North India,* September, 2010.
17. Pandey, Mrinal, 'Moving beyond Themselves : Women in Hindustani Parsi Theatre and Early Hindi Films', *Economic and Political Weekly,* April 29, 2006.

नाटक 'महाभारत' ने 1913 में संगम थिएटर दिल्ली में काफी लोकप्रियता प्राप्त की थी। इस सन्दर्भ में निम्नवत् वक्तव्य देते हैं :

> *"मेरे नाटक के साथ, वैसे लोग, जो अपनी स्त्रियों को नाटक दिखाना पाप समझते थे, अब उन्होंने उन्हें बेहिचक थिएटर लाना शुरू कर दिया है।"* [18]

स्त्रियों ने इन नाटकों के प्रति इतना सम्मान प्रदर्शित किया कि प्रबन्धक को सप्ताह में एक दिन का शो केवल महिलाओं के लिए आयोजित करना पड़ा जिसमें पुरुषों का प्रवेश वर्जित था।[19] जब प्रेमचन्द ने एक्ट्रेस का प्रकाशन किया उस समय तक थिएटर के साथ स्त्रियों का सम्बन्ध स्पष्टतया चर्चा का विषय बना हुआ था। लोकप्रिय थिएटर में महिलाओं की मौजूदगी ने लोगों के बीच अश्लीलता को बढ़ावा दिया था और बदले में कलाकारों और अभिनेत्रियों के लिए उन स्थितियों का निर्माण किया जो उनके इस पेशे में बने रहने के लिए जरूरी था। सुमन्त बनर्जी (1989), कैथ्रिन हैंसेन (1992) एवं सूसन सीजर (2005) ने लोकप्रिय थिएटर पर किए जानेवाले हमलों पर टिप्पणी की है। प्रेमचन्द ने एक्ट्रेस कहानी तब लिखी जब स्त्री बहसों का प्रचार-प्रसार हुआ, जो पत्र-पत्रिकाओं में जोर-शोर से प्रकाशित हो रही थी। उदाहरणार्थ रिमली भट्टाचार्य द्वारा बीसवीं शताब्दी के शुरुआत में विशेषकर बंगाली थिएटर पत्रिकाओं में अभिनेत्रियों की प्रस्तुति पर किया गया विश्लेषण जिससे पत्रिकाओं में अभिनेत्रियों के बारे में छपने वाली सामग्री का पता चलता है।

---

18. रणवीर सिंह (सम्पा.), *पारसी थियेटर : एक परिचय,* राजस्थान संगीत नाटक कला अकादमी, जोधपुर, 1990, पृष्ठ 85.
19. Kathryn Hansen, 'Making Women Visible : Gender and Race Cross-Dressing in the Parsi Theatre', *Theatre Journal,* Vol. 51, No. 2 (May, 1999), pp. 127-147

पारसी रंगमंच एवं महिलाएँ : संक्षिप्त इतिहास

2.1 रंगभूमि : पारसी थिएटर क्या था ?

दक्षिण एशियाई सांस्कृतिक इतिहास में 'पारसी-रंगमंच' का महत्त्वपूर्ण स्थान है। इस शब्द का प्रयोग आमतौर पर उस छोटे-से पारसी समुदाय को सम्बोधित करने के लिए किया जाता है जिसने आधुनिक और शहरी जनता में प्रचलित मनोरंजन की परम्परा को जन्म दिया। भारत की अच्छी-खासी जनसंख्या 19वीं सदी के उत्तरार्द्ध और 20वीं सदी के पूर्वार्द्ध में इस लोकप्रिय नाटक का हिस्सा बन चुकी थी। इस शब्द का अपना सांस्कृतिक एवं ऐतिहासिक महत्त्व भी है क्योंकि पारसी रंगमंच के उदय के उपरान्त ही सार्वजनिक रूप से अति लोकप्रिय रंगमंच का पहला चरण शुरू होता है।[1]

1. David Willmer, *Theatricality mediation and Public space : The legacy of Parsi Theatre in South Asian Cultural History,* Ph.D Thesis (unpublished), May 1999. pp. 1.

दक्षिण-एशियाई सांस्कृतिक इतिहास के परिप्रेक्ष्य में 'पारसी रंगमंच' को परिभाषित करना एक जटिल कार्य है। इस शब्द के विविध आयाम एवं सन्दर्भ हैं। कुछ मामलों में तो इसके विशेष अर्थ निकलते हैं तब जबकि हम व्यापक सांस्कृतिक परिदृश्य की चर्चा कर रहे होते हैं। इस शब्द की कोई अधिकारिक व्याख्या करने से बेहतर है कि इस शब्द की वर्तमान स्थापित व्याख्याओं के मत-मतांतरों को समझने का प्रयास किया जाए। इस क्रम में यह सम्भव है कि हम इसकी सांस्कृतिक व्याख्या के परे जा कर सामाजिक परिवेश के साथ इसके जुड़ाव तथा उत्तर औपनिवेशिक राष्ट्र-राज्य के विमर्श में इसकी जड़ों को तलाश पाने में सफल हो सकें। अर्थात् इस शब्द के राजनीतिक आयामों से समझने की भी आवश्यकता है।[2] ऐतिहासिक रूप से 'पारसी-रंगमंच' का अर्थ पारसी समुदाय के साथ लगाया जाता है। पारसी समुदाय द्वारा संचालित एक महत्त्वपूर्ण पत्रिका 'पारसी प्रकाश', जो इस समुदाय के सार्वजनिक जीवन तथा उनकी उपलब्धियों की मुखपत्र हुआ करती थी, ने लिखा है :

> *"पारसी-रंगमंच के नाम से हुए पहले नाटक ने इस समुदाय के इतिहास को एक बड़ी उपलब्धि प्रदान की।"*[3]

धनजीभाई पटेल ने बताया है कि पारसी रंगमंच का पहला प्रदर्शन अक्टूबर, 1853 में ग्रांट रोड थिएटर में किया गया। इस प्रदर्शन के दौरान सभी महत्त्वपूर्ण हस्तियों—दादाभाई नैरोजी, खुर्शीदजी कामा, जहाँगीर बरजोरजी वाद्दा तथा भाऊ दाजी ने शिरकत की। उस दौर का पहला पारसी रंगमंच 'विक्टोरिया नाटक मंडली' था। पारसी रंगमंच सिर्फ सार्वजनिक/लोकप्रिय संस्कृति को ही प्रतिबिंबित नहीं कर रहा था, बल्कि यह पारसी समुदाय के व्यावसायिक तथा नागरिक संस्कृति को भी दर्शा रहा था।[4] अर्थात 'पारसी रंगमंच' शब्द से ही पारसी संस्कृति के भी धागे जुड़े हुए हैं। इस समुदाय के लिए इस नाट्य परम्परा का बहुत महत्त्व था जिसका 20वीं सदी में अन्त हो गया। पटेल ने इस काल की व्याख्या करते हुए लिखा है :

> *"बीसवीं सदी के प्रारम्भिक दशकों में पारसियों ने भारतीय रंगमंच के क्षेत्र में महत्त्वपूर्ण भूमिका अदा की लेकिन यह भी एक दुःखद सत्य है कि इसी दौर में वे 'नाटक को नष्ट करने वाले' भी माने गए।"*[5]

---

2. David Willmer, *Theatricality, mediation and Public space : The legacy of Parsi Theatre in South Asian Cultural History*, Ph.D Thesis (unpublished), May 1999, pp. 65.
3. वही।
4. *Parsi Prkash,* Vol-2, Compiled by B.B. Patel, 1910, p. 253
5. Kathryn Hansen, 'Parsi Theatre and the City : Locations, Patrons, Audiences', *Sarai Reader 2002 : The Cities of Everyday Life.*

वस्तुत: रंगमंच के लिए निर्धारित एक निश्चित स्थान, नाट्यशालाओं की वस्तुगत उपस्थिति को सामाजिक, राजनीतिक तथा ऐतिहासिक सन्दर्भ में देखा जा सकता है जिसके बीच से 'पारसी रंगमंच' का उदय हुआ। ब्रिटिश शासकों के द्वारा नाट्यगृह बनाए जाने की औपनिवेशिक परम्परा ने बम्बई शहर में 'नाटक' के विचार को और उसे किसी खास स्थान पर दिखाए जाने के प्रयास को मजबूती प्रदान की। पारसी समुदाय ने इस विचार को अपने व्यावसायिक मस्तिष्क के जरिए एक विशुद्ध व्यावसायिक रूप प्रदान किया। सोमनाथ गुप्त ने पारसी रंगमंच को पारिभाषित करते हुए लिखा है :

> *" 'पारसी रंगमंच' का अर्थ सिर्फ कुछ विशेष स्थापत्य जैसे प्रोसेनियम प्रेक्षागृह, नाट्य सम्पत्ति या तकनीकी प्रभाव ही नहीं था, बल्कि यह बम्बई शहर के सामाजिक, राजनीतिक वातावरण का भी प्रतिबिम्बन था।"*[6]

आधुनिक भारत में पारसी समुदाय ने जो एक छोटा-सा, आत्मनिर्भर तथा पूर्णत: शहरी समुदाय था, अपना प्रभाव बेहतर तरीके से कायम कर रखा था। इनमें से कुछ भारतीय राजनीति, व्यवसाय, कला, साहित्य, विज्ञान, खेल, सेना, व्यवसाय तथा उद्योग जगत की नामचीन हस्तियाँ थीं। पारसियों ने आधुनिक भारत में पूँजीवाद के विकास में भी महत्त्वपूर्ण भूमिका अदा की।[7]

पारसी समुदाय तथा ब्रिटिश व्यापारियों (जो बाद में साम्राज्यवादियों में तब्दील हो गए) के बीच सम्बन्ध के कारण बम्बई, गुजरात जैसे शहरों में एक बड़ा व्यावसायिक तबका पैदा हुआ। ब्रितानी लोगों को पारसियों की क्षमता पर बहुत भरोसा था। जैसे जहाज बनाना, मकान बनाना इत्यादि। उन्होंने इसी बल पर व्यावसाय की दुनिया में एक बड़ा साम्राज्य खड़ा कर रखा था। उनका यह साम्राज्य ब्रितानी सेना तथा आर्थिक सत्ता की छत्रछाया में फल-फूल रहा था जिसके कारण वे औपनिवेशिक काल तथा स्वतंत्र भारत में एक प्रभावशाली समुदाय के रूप में लगातार बने रहे। इसलिए यह बात आसानी से कही जा सकती है कि आर्थिक तथा राजनीतिक नीतियाँ जो ब्रिटिश सरकार द्वारा भारतीयों पर थोपी जा रही थी, वे भी उसमें सहभागी थे। इसलिए वे स्वतंत्र भारत में सामाजिक तथा राजनीतिक रूप से हाशिए पर चले गए, परन्तु आर्थिक क्षेत्र में उनका प्रभुत्व आज भी कायम है।

सांस्कृतिक क्षेत्र में उन्होंने अपना महत्त्वपूर्ण योगदान 'पारसी रंगमंच' के रूप में दिया। यह रंगमंच उस समय की जनता के बीच काफी लोकप्रिय हुआ। हालाँकि बहुत हद तक यह ब्रिटिश, विक्टोरियन रंगमंच से प्रभावित था। लेकिन साथ ही, इस पर उस समय के कई भारतीय लोक नाट्य परम्पराओं तथा स्वयं के पर्सियन सभ्यता

6. Gupt, Somnath, *Parsi theatre : Its Origin and Development*, Seagull Publication, 2005,
7. David Willmer, *Theatricality, mediation and Public space : The legacy of Parsi Theatre in South Asian Cultural History*, Ph.D Thesis, (unpublished), May 1999 pp. 64. 1881 में हुए प्रथम जनगणना के दौरान पूरे भारत में पारसियों की संख्या 65,397 थी जिसमें से 48,592 लोग सिर्फ बम्बई में रहते थे।

का भी व्यापक प्रभाव था। इसी का परिणाम था कि यह भारतीय उपमहाद्वीप में एक व्यावसायिक नाटक कम्पनी के रूप में घूम-घूम कर अपने नाटकों का प्रदर्शन कर सका और एक अति लोकप्रिय जन मनोरंजक माध्यम के रूप में उभर सका। इस रंगमंच की व्याख्या करते हुए उस समय के एक मशहूर आलोचक ने कहा :

> *"यह सम्पूर्ण भारत की कम्पनी थी, जिसका प्रबन्धन और वित्तीय सहायता पारसी समुदाय कर रहा था, परन्तु इसमें अभिनय, निर्देशन, संरचना तथा सर्वाधिक महत्त्वपूर्ण दर्शक वर्ग भारत की विशाल जनता थी, जो पूरे भारत में इस रंगमंच को ख्याति दिला रही थी।"*[8]

निर्विवाद रूप से पारसी रंगमंच को पारसी समुदाय के साथ जोड़ा जाता है। इस क्रम को समझने के लिए कि किस तरह पारसी रंगमंच बना, इसकी ऐतिहासिकता को समझना, पारसी समुदाय को समझना तथा पूरे भारत पर इसके असर को समझना आवश्यक है। भारत में नाट्य परम्परा की शुरुआत संस्कृत नाटकों से होती है। इस प्रकार के नाटक आमतौर पर पौराणिक आख्यानों तथा ऐतिहासिक घटनाओं पर आधारित हुआ करते थे। इसका प्रदर्शन नाट्यकला में निपुण कलाकारों द्वारा किसी राजा के महल, बड़े-बड़े निजी आवासों या मन्दिरों में किया जाता था। प्राचीन भारत में किसी सार्वजनिक नाट्यशाला के प्रमाण हमें नहीं मिलते हैं। अर्थात प्राचीन भारत की शास्त्रीय संस्कृत नाट्य परम्परा में हमें किसी ऐसे 'नाट्य' रूप के साक्ष्य नहीं मिलते हैं जिसकी स्वतंत्र सार्वजनिक संस्कृति के साथ कोई सम्बन्ध हो।

भारत में 11वीं सदी के बाद संस्कृत नाटकों का भी अन्त मुस्लिम आक्रमणों तथा हिन्दू भारत के 'स्वर्णिम काल' के समाप्त होने के साथ होता है। इसके बाद हमें सीधे मध्यकाल में लोकप्रिय रंगमंच के कुछ प्रमाण मिलते हैं जिसमें से अधिकांश भक्ति परम्परा और कुछ धर्मनिरपेक्ष किस्म के नाटक थे।[9]

इस प्रकार के नाटक ज्यादातर जनता के लिए और सामाजिक सन्दर्भों को लेकर होते थे। कई छोटी-छोटी नाटक मंडलियाँ तथा घुमन्तू कलाकार घूम-घूम कर अपने नाटकों का मंचन किसी शहर या गाँव के चौराहों पर किया करते। इन मध्यकालीन परम्पराओं के अतिरिक्त इसी क्रम में कुछ प्रारम्भिक आधुनिक स्थानीय, क्षेत्रीय लोकप्रिय लोक नाट्य परम्पराओं जैसे नौटंकी, रामलीला, कृष्णलीला तथा हिन्दी-भाषी क्षेत्रों में स्वांग, राजस्थान में 'खयाल', गुजरात में 'भवई', बंगाल में 'जात्रा' तथा महाराष्ट्र में 'तमाशा' का जन्म हुआ। साथ ही, दक्षिण भारत में अनगिनत लोक रूपों का विकास हुआ।[10]

---

8. David Willmer, *Theatricality, mediation and Public space : The legacy of Parsi Theatre in South Asian Cultural History*, Ph.D Thesis (unpublished), May 1999 pp. 37.
9. Kathryn Hansen, *Grounds for play : The Nautanki Theatre of Worth India*, Berkeley, University of California Press, 1992, PP. 56-73.
10. वही।

इस प्रकार हम देखते हैं कि भारत में मध्यकाल तथा प्रारम्भिक आधुनिक काल के दौरान कई नाट्य परम्पराएँ विद्यमान थीं। हालाँकि मुस्लिम शासन व्यवस्था ने किसी भी रंगमंचीय विधा को जन्म नहीं दिया था जब तक कि 19वीं सदी के मध्य में लखनवी नबाबों के द्वारा पहला उर्दू ड्रामा नहीं आया।[11]

हालाँकि संस्कृत नाटकों के अन्त के बाद ब्रिटिश राज के दौरान जितनी भी नाट्य परम्पराएँ विकसित हुईं, उनका चरित्र अनौपचारिक ही था। दूसरे शब्दों में, इस प्रकार के नाटक अस्थायी तथा परिस्थिति की उपज थे, लगभग खुले हुए और जनता की जमीन पर मंचित होनेवाले। ये औपचारिक तौर पर परिभाषित, स्थायी और किसी भवन में अवस्थित नहीं थे, जिसे 'नाट्यशाला' कहा जाता था। इस सन्दर्भ में 'पारसी रंगमंच' वह पहला रंगमंच था जिसे 'नाट्यशालाओं' में मंचित किया गया। कैथरिन हैन्सन यह बताती हैं कि किस तरह लोक नाट्य परम्पराओं जैसे स्वांग, नौटंकी तथा शहरी पारसी नाटकों के बीच विचार-विनिमय हुआ और कैसे पारसी रंगमंच पर इनका प्रभाव पड़ा।[12]

नौटंकी का जन्म स्वांग के आधुनिक रूप से हुआ था। इस पर उस परम्परा के अन्दाज का बहुत असर था। पारसी रंगमंच ने भी इसे भिन्न तरीके से प्रभावित किया। उसने इस विधा को व्यावसायिक रूप प्रदान किया। पारसी रंगमंच खुद भी इन लोक परम्पराओं से अपनी आधारभूमि तैयार कर रहा था। इसलिए पारसी रंगमंच को नौटंकी का 'आधुनिक लोक' नाट्य रूप भी कहा जा सकता है। नौटंकी की तरह ही पारसी रंगमंच भी जीवन्त, लोकप्रिय, धर्मनिरपेक्ष और खुशनुमा था। इसमें भी संस्कृत नाटकों द्वारा व्याख्यायित 'उच्च संस्कृति' का अभाव था। परन्तु नौटंकी तथा अन्य लोक नाट्य परम्पराओं की अपेक्षा पारसी रंगमंच ज्यादा सफलता की ऊँचाई छू सका। इसका एक बहुत बड़ा कारण उसका बम्बई शहर में अवस्थित होना था। इस शहर के अपने सामाजिक-सांस्कृतिक परिदृश्य के कारण पारसी रंगमंच ने अन्य लोक नाट्य परम्पराओं की अपेक्षा अधिक ख्याति अर्जित की। सम्भवतः पारसी रंगमंच का पहला मॉडल अंग्रेजी नाट्य परम्परा की तर्ज पर बम्बई शहर में विकसित हुआ। बम्बई के एंग्लो-इंडियन समुदाय ने इस शहर में अंग्रेजी नाट्यशालाओं के विकास में महत्त्वपूर्ण भूमिका निभाई थी। बम्बई शहर की निर्माण योजना में ही एक नाट्यशाला प्रस्तावित की गई थी।[13]

वस्तुतः नाट्यशालाएँ बम्बई में एंग्लो-इंडियन लोगों के सामाजिक जीवन तथा उनके विचार-विमर्श का भी बेहतर माध्यम थी। पारसी रंगमंच को अंग्रेजी थिएटर

11. Balwant Gargi, *Theatre in India, New York,* Theatre arts books, 1962, PP. 80-95.
12. Kathryn Hansen, *Grounds for play : The Nautanki Theatre of Worth India,* Berkeley, University of California Press, 1992, PP. 56-73.
13. सोमनाथ गुप्त, *पारसी रंगमंच : उद्भव और विकास,* लोकभारती प्रकाशन, इलाहाबाद, 1981, पृष्ठ 244

ने एक अच्छा रूप प्रदान किया। परन्तु अंग्रेजी रंगमंच के साथ 'उच्चता' और 'निम्नता' का बोध गहरे रूप में बसा हुआ था। इसके विपरीत, पारसी रंगमंच विशुद्ध भारतीय था और उसके तार भारतीय जनमानस की आत्मा के साथ जुड़े हुए थे। साफ तौर पर यह विक्टोरियन रंगमंच और भारतीय रंगमंच का मिश्रण था। यह ब्रिटिश साम्राज्यवाद की प्रक्रिया से सम्बद्ध होने के कारण भारतीय सांस्कृतिक अर्थव्यवस्था को समझ पाने में सक्षम था।[14]

सोमनाथ गुप्त यह बताते हैं कि पारसी रंगमंच की वेशभूषा अनिवार्यतः बम्बई के अंग्रेजी रंगमंच से ली गई थी। इसका पूरा ढाँचा एक साम्राज्य शहरी तथा आधुनिक तकनीक पर आधारित था। अपने शुरुआती दिनों में यह अत्यन्त सीमित संसाधनों के साथ शुरू हुआ। इसके अतिरिक्त पारसी रंगमंच पर सर्वाधिक असर देशज 'उच्च' सांस्कृतिक परम्परा (जो संस्कृत रंगमंच की देन थी) तथा 'उच्च' हिन्दू परम्परा का पड़ा। इसके साथ ही ब्रिटिश साम्राज्यवाद ने भी इसे गहरे रूप में प्रभावित किया।[15]

विलियम जोन्स जैसे ब्रिटिश प्राच्यवादियों ने संस्कृत साहित्यिक नाटकों की पुनः खोज की जिसके कारण पारसी रंगमंच पर हमेशा उच्च सांस्कृतिक परम्परा के दायित्वों का दबाव बना रहा। संयोगवश हमें ऐसे बहुत से साक्ष्य मिलते हैं जिनके आधार पर यह साबित होता है कि पारसी समुदाय के साहित्यिक एवं सार्वजनिक

'एम्पायर थियेटर' का पोस्टकार्ड, सौजन्य : फिलिप एंटीक[16]

14. रणवीर सिंह, *पारसी थियेटर : एक परिचय, राजस्थान संगीत नाटक कला अकादमी,* जोधपुर, 1990, पृष्ठ 85
15. David Willmer, *Theatricality, mediation and Public space : The legacy of Parsi Theatre in South Asian Cultural History*, Ph.D Thesis, (unpublished), May 1999.
16. Gupt, Somnath, *Parsi theatre : Its Origin and Development*, Seagull Publication. 2005, pp. 36.

[17]

विमर्शों में संस्कृत परम्परा के प्रति सम्मान दर्शाया गया है। 19वीं सदी के मध्य में सांगली (महाराष्ट्र) के राजा द्वारा एक नाट्य मंडली तैयार की गई जो हिन्दू पौराणिक आख्यानों का मराठी प्रस्तुतीकरण करती थी। इस मंडली ने, जो बाद में विष्णुदास भावे के नेतृत्व के कारण 'भावे मंडली' के नाम से जानी गई, ने कई पौराणिक संस्कृत नाटकों को लोक नाटकों की विधा में खेला। 1856 के प्रारम्भ में भावे कम्पनी मुम्बई आई और अंग्रेजी-रंगमंच के सांस्थानिक संरचना से बहुत प्रभावित हुई और अन्तत: उन्होंने भी खुद को पूर्णत: व्यावसायिक कम्पनी बनाने का निर्णय ले लिया।

भावे कम्पनी का बम्बई आने को सीधे तौर पर पारसी नाट्य मंडलियों से प्रभावित बताया जा सकता है जो घूम-घूम कर प्रदर्शन किया करती थीं।

पारसी रंगमंच ने किन-किन स्त्रोतों से स्वयं को समृद्ध किया और किसका सर्वाधिक असर इस विधा पर पड़ा, यह शोध का विषय है। वस्तुत: यह माना जाता है कि पारसी रंगमंच कई परम्पराओं का मिश्रण था। इसके अंग्रेजी स्त्रोत भी स्वयं में बहुत विविध हैं। जिनमें शेक्सपीयर (भारतीय संस्करण), जिआर्जियन ड्रामा फ्रेस तथा संगीत कक्ष सभी शामिल थे। पारसी रंगमंच के हिन्दू पौराणिक अंश को व्यापक शास्त्रीय तथा लोक परम्परा में तलाशा जा सकता है। इसमें उर्दू का भाग मुगल शासन के काल के दौरान धर्मनिरपेक्ष उर्दू साहित्य परम्परा से लिया गया है।

17. वही, पृष्ठ 36

कई बार भारतीय इतिहास में पारसी रंगमंच को उर्दू के पर्याय के रूप में भी उल्लेखित किया गया है। और अन्त में, उपर्युक्त इन सभी स्रोतों के अतिरिक्त पारसियों की अपनी पर्सियन पौराणिक तथा ऐतिहासिक परम्परा थी। पारसी रंगमंच ने अपने प्रारम्भिक मंचनों में कई पर्सियन महा–आख्यानों जैसे 'रुस्तम' और 'सोहराब' इत्यादि का मंचन किया था। हालाँकि बाद में उसने स्वयं को अपनी परम्परा से दूर रखने का ही प्रयास किया। पारसी रंगमंच की सांस्कृतिक विविधता को उसकी भाषायी विविधता में भी तलाशा जा सकता है। इसने गुजराती, हिन्दी, उर्दू तथा अंग्रेजी में कई नाटकों का मंचन किया। अर्थात अपनी समग्रता में मोटे तौर पर पारसी रंगमंच को एक 'मिश्रित रंगमंच' की संज्ञा दी जा सकती है।

इस रंगमंच के ऐतिहासिक विकास को विभिन्न कालों में विभाजित किया गया है जिसके अन्तर्गत हर काल में इसका वैविध्य संकुचित दायरे में आने की बजाय बढ़ता चला गया। पारसी रंगमंच के पहले महत्त्वपूर्ण चरण का गहरा सम्बन्ध भारत में अंग्रेजी शिक्षा के आगमन से है। बम्बई में वहाँ के धनाढ्य निवासियों की सन्तानों को उच्च अंग्रेजी शिक्षा देने के उद्देश्य से एलफिस्टन कॉलेज खोला गया। इसके पीछे उद्देश्य यह भी था कि इस कॉलेज से शिक्षा प्राप्त समुदाय एक वफादार देशज व्यवसायी तथा प्रशासक वर्ग के रूप में उभर सके, जिसकी अंग्रेजी संस्कृति में गहरी आस्था हो। इस क्रम में कॉलेज के सांस्कृतिक आयोजनों में वहाँ के विद्यार्थियों द्वारा शेक्सपीयर के नाटकों का मंचन किया जाता था। इन नाटकों को करने वाले लड़के अधिकांशत: पारसी समुदाय के हुआ करते थे। ये लड़के मध्यम–वर्गीय पारसी परिवारों के हुआ करते थे न कि धनाढ्य परिवारों से और ये पारसी समुदाय के युवा सुधारवादियों से सम्बद्ध थे। इन्हीं ग्रेजुएट बुर्जुआ समूहों ने पहला सार्वजनिक नाट्य मंचन 'पारसी रंगमंच' के नाम से किया था। इस प्रयास को उस दौर की महत्त्वपूर्ण हस्ती दादाभाई नौरोजी का भी समर्थन हासिल था। प्रारम्भिक पारसी रंगमंच बम्बई शहर के देशज व्यापारियों तथा पेशेवर लोगों की सार्वजनिक संस्कृति का अन्तरंग हिस्सा था जिसमें अभिनय करना कलात्मक माना जाता था।

19वीं सदी के मध्य में पारसी व्यावसायिक समुदाय ने इस बुर्जुआ रंगमंच को एक लोकप्रिय एवं व्यावसायिक रंगमंच में तब्दील कर दिया। इस संक्रमण में सी.एस. बाजीर का महत्त्वपूर्ण योगदान रहा जिन्होंने अपने विद्यार्थी जीवन में एलफिस्टन कॉलेज के कई नाटकों में अभिनय किया था। विक्टोरिया नाटक मंडली जैसी कम्पनियों की स्थापना करके वे पूर्णत: व्यावसायिक पारसी रंगमंच की शुरुआत कर चुके थे। इसके तुरन्त बाद ही, बम्बई शहर में पारसी रंगमंच लोकप्रिय जन–मनोरंजन के माध्यम के रूप में प्रतिष्ठित हो गया। पटेल ने इसी दौर के कुछ महत्त्वपूर्ण पारसी ड्रामा क्लब की चर्चा की है। 1861 के दशक में इन पारसी ड्रामा

(ऊपर, बायें) : लन्दन लाइसेम
(ऊपर, दायें) : द फर्स्ट नेशनल थियेटर, कोलकाता
(नीचे) : द ग्रेट नेशनल थियेटर, कोलकाता
तीनों इमारतों की वास्तुशिल्पीय समानता पर ध्यान दें।[18]

क्लबों में ओरिएंटल नाटक मंडली, पर्सियन जोरोस्ट्रीयन नाटक मंडली, बारोनेट नाटक मंडली, अल्बर्ट नाटक मंडली, शेक्सपीयर नाटक मंडली इत्यादि का नाम लिया जाता है।

पारसी रंगमंच के व्यवसायीकरण की प्रक्रिया सीधे तौर पर पारसी पूँजी तथा रंगमंच के लिए उनके उत्साह के साथ जुड़ी हुई है। यह रंगमंच एक स्थान से दूसरे स्थान पर व्यावसायिक फायदे और अपनी ख्याति के लिए यात्रा करने लगा था। इसी क्रम में गुजरात, राजस्थान तथा भारत के अन्य स्थानों पर भी पारसी रंगमंच वहाँ के स्थानीय व्यवसायी तबकों की सहायता से खुलने लगे थे। इन कम्पनियों के मालिक अधिकांशतः मुस्लिम, हिन्दू तथा अन्य समुदाय के लोग हुआ करते थे। बम्बई के मूल पारसी रंगमंच के साथ अपनी सम्बद्धता को दर्शाने के लिए आमतौर पर 'ऑफ बम्बई' शब्द का प्रयोग किया जाता था। अब 'पारसी रंगमंच' शब्द का प्रयोग किसी विशेष संस्कृति को दर्शाने की बजाय साधारण रूप से 'आधुनिक' सामाजिक तथा सांस्कृतिक अनुभवों के सन्दर्भों में किया जाने लगा था। इस अर्थ में पारसी रंगमंच का अर्थ सिर्फ 'जाति' विशेष के सन्दर्भ में नहीं रह गया था। अब पारसी कम्पनियाँ

18. Chatterjee Sudipto, *The Colonial Stage,* Seagull Publication, 2007, pp. 219.

सिर्फ राष्ट्रीय सीमाओं तक ही केन्द्रित नहीं रह गई थीं, बल्कि अपने नाटकों के साथ 19वीं सदी के अन्त में लन्दन तथा रंगून की भी यात्रा करने लगी थीं।[19]

1870 में पारसी कम्पनियाँ मलय के पेनांग में प्रदर्शन के लिए गईं जहाँ इस विधा के देशज संस्करण के रूप में प्रयोग पारसी रंगमंच का जन्म हुआ। इस संस्करण का पूरे मलय तथा इंडोनेशिया पर गहरा असर पड़ा और इस प्रकार की अन्य विधाओं का जन्म दक्षिण-पूर्व एशिया के देशों में हुआ। श्रीलंका के रंगमंच में भी समान परम्परा का विकास हुआ जिसे 'नादागामा' के नाम से जाना जाता है। अब तक पारसी रंगमंच का वास्तविक स्थानीय बम्बईवाला रूप एक 'वैश्विक' आकार ग्रहण कर चुका था। यह कैसे सम्भव हुआ, इसको पारसी रंगमंच के दक्षिण एशियाई सांस्कृतिक यात्रा के परिप्रेक्ष्य में आसानी से तलाशा जा सकता है। एक और महत्त्वपूर्ण बात थी। दरअसल उस समय कोई ऐसा भारतीय रंगमंच नहीं था जो भारतीय दर्शकों को अपनी ओर आकर्षित कर पाता। संस्कृत थिएटर के बन्द हो जाने के बाद कई सालों तक हिन्दुस्तान में कोई थिएटर नहीं रहा। धर्म के प्रचार के लिए तथा आम जनता के मनोरंजन के लिए रामलीला, रासलीला, दशावतार, स्वांग, भडात और बहरूपियों जैसे लोकनाट्य की जो परम्परा थी, वहीं भारतीयों का थिएटर था।[20]

उस दौरान भारत में कोई महत्त्वपूर्ण रंगमंच क्यों नहीं रहा इसके कई कारण हो सकते हैं। वस्तुतः नाटक एक विधा है जो देश के साहित्य में सबसे बाद में पनपती है। रंगमंच के विकास के लिए एक तरक्कीयाफ्ता तथा तरक्कीपसन्द समाज की जरूरत होती है। भारत में संस्कृत-रंगमंच उसी प्रगतिशील समाज की देन था जिसके पतन के उपरान्त उसका भी पतन हो गया। ऐतिहासिक घटनाक्रमों का तथ्यात्मक अध्ययन यह बताया है कि उस वक्त से लेकर कई सौ वर्षों तक भारत का समाज अनेक हलचलों के दौर से गुजरा। कभी उस पर धार्मिक हमले हुए तो कभी बाहर के आक्रमणकारियों के साथ आई हुई संस्कृति का। लोग अपने-अपने तरीकों से लूट-खसोट तथा तलवार के बल पर राज्य बनाने और हुकूमत कायम करने में लगे हुए थे। भला उनका ध्यान रंगमंच की तरफ क्यों जाता? इस प्रकार रंगमंच एक जागरुक समाज की अनुपस्थिति में लगातार उपेक्षित होता चला गया।

अंग्रेजों के शासन-काल में रंगमंच के प्रति बढ़ती हुई रुचि ने भारतीय दर्शक-वर्ग के समक्ष एक नया रंगमंच प्रस्तुत किया। अंग्रेजों का येह रंगमंच चाहे जैसा भी हो, भारतीयों के लिए सर्वथा नया, चमत्कारपूर्ण और पर्याप्त मनोरंजनकारी था।[21] और सबसे बड़ी बात यह थी कि उस समय अंग्रेजी रंगमंच देखना अभिजात्य, उच्च

19. David Willmer, *Theatricality, mediation and Public space : The legacy of Parsi Theatre in South Asian Cultural History,* Ph.D Thesis (unpublished), May 1999.
20. डॉ. लक्ष्मीनारायण लाल, *पारसी-हिन्दी रंगमंच,* राजपाल एंड संज, 1973, पृष्ठ 32
21. वही, पृष्ठ 32

वर्ग, अधिकारी होने का एक जीवित प्रमाण था। बम्बई में 1849 में ग्रांट रोड पर बम्बई थिएटर बना। इसमें अंग्रेज, पारसी और अंग्रेजी पढ़े-लिखे हिन्दुस्तानियों ने मिलकर उन्हीं अंग्रेजों की नकल में अंग्रेजी में ही नाटक खेलना शुरू किया। बम्बई थिएटर के साक्ष्य हमें 1776 से मिलने लगते हैं। 1784 में एक अंग्रेज अधिकारी जॉन फार्क्स ने अपने संस्मरण में लिखा है कि :

> *"जब मैंने बम्बई छोड़ी तब कई सार्वजनिक स्थानों जैसे सरकारी-भवन, कर-विभाग, जेल, खजांची-घर तथा रंग-शालाओं का निर्माण हो चुका था।"*[22]

उनके संस्मरणों में हमें कई बार बम्बई थिएटर के सबूत मिलते हैं। इस रंगमंच की बदौलत आर्थिक लाभ भी होने लगा था। धीरे-धीरे इसी रंगमंच से हिन्दू ड्रामेटिक कोर नामक एक और नाटक कम्पनी ने जन्म लिया।[23] इसकी सफलता को सबसे पहले पारसियों ने पहचाना। इस व्यवसायी वर्ग ने धीरे-धीरे एक के बाद एक करके कम्पनियाँ खोलनी शुरू कर दीं। वस्तुत: पारसी थिएटर किसी रंगमंच विशेष का नाम न होकर उन थिएटर कम्पनियों का नाम है जिनके मालिक पारसी लोग थे। यह पारसी थिएटर दरअसल उस विशाल दर्शक वर्ग का दिया हुआ नाम है जो इसकी दिवानी थी।[24] सोमनाथ गुप्त अपनी पुस्तक 'पारसी रंगमंच : उद्‌भव और विकास' में पारसी रंगमंच की चर्चा करते हुए बताते हैं कि—

> *"वस्तुत: पारसी रंगमंच एक ऐसी नाट्यशाला थी, जिसे पारसी समुदाय चला रहा था। उसके नाटककार, नाटक-मंच, थिएट्रिकल कम्पनियाँ, अभिनेता, निर्देशक सभी पारसी समुदाय के लोग थे। इसके अतिरिक्त इन कम्पनियों में गैर-पारसी समुदाय के लोग भी थे जो तनख्वाह पर काम किया करते थे।"*[25]

पारसी रंगमंच के दो रूप थे। एक वह जिसे पूर्णत: पारसी समुदाय चला रहा था और पूरे भारत में घूम-घूम कर अपने नाटकों का मंचन कर रहा था। दूसरा वह जिसे देश के अन्य इलाकों के कम्पनी मालिक चला रहे थे। एलिजाबेथ-काल के उस इंग्लैण्ड में जिस सामाजिक, आर्थिक और राजनीतिक कारणों एवं दबाव से बड़े पैमाने पर जिस तरह पेशेवर नाटक कम्पनियाँ खुली थीं, कुछ-कुछ इसी तरह का वातावरण उन्नीसवीं सदी के प्रारम्भ के हिन्दुस्तान में भी पैदा हुआ था।[26]

ये थिएटर कम्पनियाँ एक व्यवसाय की तरह चलाई जाती थीं। इनका एक मालिक होता था। तमाम कलाकार, स्टेज पर काम करनेवाले कारीगर, नाटककार,

---

22. David Willmer, *Theatricality, mediation and Public space : The legacy of Parsi Theatre in South Asian Cultural History*, Ph.D Thesis (unpublished), May 1999.
23. डॉ. लक्ष्मीनारायण लाल, *पारसी-हिन्दी रंगमंच,* राजपाल एंड संज, 1973, पृष्ठ 33
24. वही।
25. Gupt, somnath, *Parsi Theatre : Its Origin and Development*, Seagull Publication. 2005, pp. 10.
26. David Willmer, *Theatricality, mediation and Public space : The legacy of Parsi Theatre in South Asian Cultural History*, Ph.D Thesis (unpublished), May 1999. p. 34.

डाइरेक्टर, पेंटर इत्यादि महीने की तनख्वाह पर काम करते थे। नाटक तैयार करने में, उसके जगह-जगह प्रदर्शन करने में सेट, सीन, वेशभूषा बनाने में सेठ अर्थात कम्पनी के मालिक का पैसा लगता था। वह टिकट के जरिये अपने लगाए पैसे वापस कमाता था। जहाँ तक हो सके, जनता की पसन्द का ध्यान रखते हुए नाटकों का मंचन कराता और दोगुना-चौगुना मुनाफा कमाता था। यह था पारसी थिएटर का व्यावसायिक स्वरूप।[27]

पारसी रंगमंच के पहले हिन्दुस्तानी नाटक में मनोरंजन के ही तत्त्व मौजूद थे। अच्छे संवाद, कविता, गाने, संगीत और नाच आदि। आगे चलकर पारसी थिएटर के नाम से जो थिएटर मशहूर हुआ, उसके नाटककारों ने इसी दस्तूर को कायम रखते हुए नाटक लिखे जिसमें गद्य थी, शायरी थी, गाने और नाच थे। मनोरंजन के हर साधन मौजूद थे। इनका मानना था कि थिएटर व्यावसायिक पहले है और कला बाद में। थिएटर बगैर दर्शकों की पसन्द को समझे आगे नहीं चल सकता। पारसी थिएटर के मालिक, नाटककार और तमाम कलाकार इस बात को अच्छी तरह जानते और समझते थे और खूबसूरती से इसका इस्तेमाल करते हुए कामयाबी भी हासिल की। इंग्लैंड के मशहूर समीक्षक, नाटककार और साहित्यकार सेच्युल जॉनसन का कहना है :

> *"The Drama's law, the drama's patron, give for we that like to please must please to live."*[28]

पारसी थिएटर के नाटक सामाजिक चेतना और राष्ट्रीय भावना से भरपूर होते थे। समाज की उन तमाम बुराइयों-शराबखोरी, दहेज, जात-पाँत, ऊँच-नीच, पश्चिमी सभ्यता के बुरे असर इन सब पहलुओं पर नाटक लिखे गए और उसे जनता के सामने प्रदर्शित किया गया। पारसी थिएटर व्यावसायिक होते हुए भी निडर था। उसने अपने तरीके से सेंसर से बचते हुए, जब मौका मिला अंग्रेजी हुकूमत के खिलाफ लिखा। पारसी थिएटर ने अपनी जिम्मेदारी निभाते हुए जनता को इस बात से आगाह किया कि गुलामों की तरह जीने से मरना बेहतर है। एक अमेरिकन महिला मिस मेयो ने भारत पर एक किताब लिखी है जिसका नाम है 'मदर इंडिया।'' इस किताब में उसने हिन्दुस्तान में जितनी भी बुराइयाँ हैं उनका जिक्र किया है। उनकी इस किताब का बहुत विरोध हुआ। गांधीजी ने इसे Gutter inspect for Report बताया, तो लाला लाजपत राय ने इसके जवाब में 'फादर इंडिया' नाम से एक किताब लिख डाली। पारसी थिएटर भी इस मामले में पीछे

---

27. Gupt, somnath, *Parsi theatre : Its Origin and Development*, Seagull Publication. 2005, pp. 10.
28. रणवीर सिंह (सम्पा.), *पारसी थियेटर : एक परिचय*, राजस्थान संगीत नाटक कला अकादमी, जोधपुर, 1990, पृष्ठ 7

नहीं रहा। 1928 ई. में नारायण प्रसाद बेताव ने मदर इंडिया के नाम से ही एक नाटक लिखा परन्तु सेंसर की नजरों से बचने के लिए उसका नाम कुमारी किन्नर रखा गया। यह नाटक कलकत्ता में उस वक्त खेला गया जब वहाँ कांग्रेस का अधिवेशन हो रहा था जिसके सभापति पं. मोतीलाल नेहरू थे।[29] नारायण प्रसाद बेताब ने मिस मेयो को करारा जवाब देते हुए उस नाटक में एक गीत लिखा जो इस प्रकार था :

बहारे गुल को बुलबुल ही खुशी में देख सकती है।
हमेशा चील तकती है तो मुरदारों को तकती है।
शराबी ढूँढ़ लेता है जहाँ होता है मयखाना।
हवनकुंडों को देखेगा न दरोगा सफाई का
फ़क़त कूड़े के ढेरों पर नजर उसकी लपकती है।
शिवालय और मस्जिद के खुले हैं गो कि दरवाजे
कुमारी किन्नर लेकिन वहाँ पर जाते झिझकती है।[30]

बेताब साहब ने यही नसीहत दी थी कि किताब की खिलाफ़त गाली-गलौज से न करें, तोड़-फोड़ न करें। उनका कहना था :

नाटक द्वारा करो सफाई इन निर्मूल कलंकों की
यही मंत्र है, परम औषधि इन बिच्छू के डंकों की।[31]

राधेश्याम कथावाचक, जिन्होंने ज्यादातर धार्मिक नाटक लिखे, उन्होंने भी अपने तरीकों से धार्मिक नाटकों के जरिये उस वक्त के सामाजिक मुद्दों को उठाया। राधेश्यामजी के किसी भी नाटक पर सेंसर बोर्ड पाबन्दी नहीं लगा सका। उन्हें समझ ही नहीं आता था कि इशारा ब्रिटिश सरकार की तरफ है या कहीं और। आगा हश्र कश्मीरी का यह मशहूर संवाद करीब से देखें तो यह दरअसल अंग्रेजों के खिलाफ लिखा है। इशारा उनकी तरफ है, सेंसर इसका कुछ नहीं बिगाड़ सका। 'यहूदी की लड़की' ड्रामा में जुल्मो-सितम की बात करते हुए हर कौम के बीच मतभेद पैदा करने की ब्रिटिश सरकार की शातिराना हरकत की तरफ इशारा किया है। आगा साहब ने अपने नाटक 'भारत की पुकार' में विदेशी ताकतों को पुरजोर ढंग से ललकारा था। उस जमाने के रईसजादों में यह फैशन चल पड़ा था कि शाम के वक्त सज-धज कर, इत्र लगा कर, गजरे हाथ में लिए, तवायफों के कोठों पर महफिल सजाने जाया करते थे। कई रईसों के घर बर्बाद हुए। आगा साहब ने अपने

29. रणवीर सिंह (सम्पा.), *पारसी थियेटर : एक परिचय,* राजस्थान संगीत नाटक कला अकादमी, जोधपुर, 1990, पृष्ठ 13
30. वही, पृष्ठ 15
31. रणवीर सिंह, 'पारसी थियेटर', *इप्टानामा,* 10 जनवरी, 2010

सामाजिक ड्रामे 'आँख का नशा', 'खूबसूरत बला' में हर परिवार के बिगड़ते हुए रिश्तों की तस्वीर पेश की है। 'बिलवा मंगल' ड्रामे में चिन्तामणि एक वेश्या होकर वेश्या और बीवी में क्या फर्क होता है बताती है। इसी नाटक में आगा साहब ने उन रईसजादों की महफिल का बयान इस खूबसूरती से किया है :

''परिपूर्ण के पाप हेतु भगवन्त कथा न रुचे जिनको।
तै अंग कुसंग में खेल रहे नचावत है परनारिन को।
मृदंग कहे धिक है धिक तो मंजीरा कहे किन को किन को।
तब हाथ उठा कर नारी कहे इनको, इनको, इनको, इनको।''[32]

पारसी कम्पनियों के नाम अंग्रेजी में होने के कारण पहले जनता इन्हें अंग्रेजी कम्पनियाँ ही समझकर इनके नाटक देखने के लिए टूटने लगी थी। जनता को इश्तिहारों और पर्चों में बताया और जताया जाता कि अंग्रेजी कम्पनियों में अंग्रेजी मेमों के डांस होते हैं। स्त्री–पुरुष संग नाचते हैं। फारस की हीरे, ईरान, तुरान की कमसिनें, बम्बई की परियाँ, कलकत्ते की जादूगरिनें उनमें हिस्सा ले रही हैं।[33] रणवीर सिंह ने उस समय के मानस का चित्रण बड़े काव्यात्मक ढंग से किया है :

''यह समूचा काल बड़ा ही विचित्र एवं अन्तर्विरोधों से भरा पड़ा था। यह एक ओर 'न्यू' होने के लिए तड़प रहा था तो दूसरी ओर अपने आपको अपने महान–प्राचीन और गौरवमय अतीत से बाँधे रखना चाहता था। एक ओर यह अपनी जातीय–परम्परा और एक नए बोध के स्वप्न में हवा था, दूसरी ओर अपने को व्यापक मानवता में फैला हुआ देख रहा था। घर और बाहर, निजी और सार्वजनिक, पवित्र और अपवित्र, आध्यात्मिक और भौतिक, के अन्तर्द्वन्द्वों को झेल रहा भारतीय मानस मानसिक एवं भावनात्मक स्तर पर कई राष्ट्रवादी धाराओं के मध्य फँसा हुआ था, परन्तु अधिसंख्य भारतीय समाज जहाँ एक ओर शुद्ध भारतीय विशुद्ध हिन्दू होने का स्वप्न देख रहा था, दूसरी ओर ऐंग्लो सेक्सन सभ्यता के सम्पर्क में मिस्त्र, टर्की, अरब, इराक, ईरान, अफगानिस्तान, चीन, जापान, जावा, सुमात्रा, मलयद्वीप आदि समस्त मध्य–पूर्व और सुदूर–पूर्व को स्वयं में भर लेना चाहता था।''[34]

आगे वह लिखते हैं कि :

यह भारतीय समाज जहाँ एक तरफ सुधार के लिए तड़प रहा था वहीं दूसरी तरफ सर्वथा 'नए' के लिए लालायित भी था। एक तरफ शुद्ध और मर्यादावादी

---

32. रणवीर सिंह, 'पारसी थियेटर', *इप्टानामा,* 10 जनवरी, 2010
33. डॉ. लक्ष्मीनारायण लाल, *पारसी–हिन्दी रंगमंच,* राजपाल एंड संज, 1973, पृष्ठ 35
34. रणवीर सिंह (सम्पा.), *पारसी थियेटर : एक परिचय,* राजस्थान संगीत नाटक कला अकादमी, जोधपुर, 1990, पृष्ठ 10

होना था तो दूसरी ओर अंग्रेजी सभ्यता की आजादी और रोमानी रंगीनियाँ भी चाह रहा था। वह नया जनमानस, जो नए मेट्रोपोलिटन शहरों— बम्बई, मद्रास, कलकत्ता में पैदा हुआ था, मानो नए उद्योग, नए व्यापार, नए बाजारों में जो नया मन पुराने से थका हुआ बिलकुल नए की तलाश में हो। यही जनमानस ऐंग्रो सेक्सन सभ्यता के सम्पर्क और प्रभावों में आकर पश्चिम, मध्य-पूर्व और सुदूर-पूर्व की जिन्दगी, उनकी तवारीख, उसके हीरो-हीरोइन, उसके रोमांटिक किस्से और जंग मुहब्बत के किरदार तथा नए किस्म के अफसाने देखना चाह रहा था। पारसी थिएटर ही संयोग से इस आकांक्षा का पूरक संस्थान बना। यह एक अमिट सत्य है।[35]

---

35. रणवीर सिंह (सम्पा.), *पारसी थियेटर : एक परिचय*, राजस्थान संगीत नाटक कला अकादमी, जोधपुर, 1990, पृष्ठ 11

पारसी थिएटर में स्त्रियों का प्रवेश : भूमिका एवं अवस्थिति

दक्षिण भारत के आधुनिक तथा क्षेत्रीय रंगमंच तथा लोकप्रिय सिनेमा जगत पर सर्वाधिक प्रभाव पारसी रंगमंच का रहा है। साथ ही इसे स्त्रीत्व को नयी पहचान के जरिए परिभाषा करने एवं पुरुष कलाकारों द्वारा स्त्री पात्रों का खूबसूरती से किरदार निभाने के लिए भी जाना जाता है।[1]

इसी रंगमंच में स्त्री बहुरूपियों ने भारतीय स्त्रीत्व को अद्‌भुत एवं जटिल रूप से निर्मित किया जिनका स्थान बाद में चलकर कुछ हद तक एंग्लो-भारतीय तथा ज्यूइरन स्त्री कलाकारों ने लेने का प्रयास किया। वस्तुत: स्त्री किरदारों को निभा रहे इन पुरुषों ने महिला कलाकरों के लिए वह जगह बनाई जिसके कारण वे एक कलंकित छवि से बाहर निकलकर राष्ट्रवादियों द्वारा अवधारणात्मक स्तर पर निर्मित 'भारतीय स्त्री' की छवि को साकार रूप दे पाई।[2]

1853 से 1931 के मध्य बम्बई में पारसी, गुजराती, मराठी, रंगमंच की जीवन्त परम्परा कायम रही। हालाँकि ये अलग-अलग रंग-परम्पराएँ थीं। लेकिन स्त्री-पात्रों के सम्बन्ध में इनकी राय बिलकुल एक जैसी थी। सभी ने स्वयं को एक व्यावसायिक कम्पनी के रूप में स्थापित करने का प्रयास किया। संगीत, नृत्य तथा नाटकीय प्रदर्शनों की जो दुनिया अभी तक समाज के सिर्फ चुनिन्दा तबकों तक सीमित थी, वह बुर्जुआ तबके के उदय के बाद व्यापक रूप से फैल रही थी।[3]

यूरोपियन तर्ज के मंचों तथा तकनीकों का इस्तेमाल कर ये कम्पनियाँ नए दर्शक-वर्ग को अपनी ओर खींच रही थीं। परन्तु इसके साथ जेंडर के प्रश्न पूर्ववत बने हुए थे। कैथरिन हैन्सन बताती हैं कि इन रंगमंचों के दर्शक भौगोलिक रूप से सिर्फ बम्बई के ही लोग नहीं थे, बल्कि 1870 के आस-पास पारसी थिएटर

1. Pandey, Mrinal, 'Moving beyond Themselves : Women in Hindustani Parsi Theatre and Early Hindi Films', *Economic and Political Weekly,* April 29, 2006.
2. Kathryn Hansen, 'Stri Bhumika : Female Impersonators and Actresses on the Parsi Stage', *Economic and Political Weekly,* Vol. 33, No. 35 (Aug 29-Sep 4.) pp. 2291-2300
3. Gupt, Somnath, Kathryn Hansen (ed. & Translated). *The Parsi Theatre : Its Origins and Development,* Calcutta : Seagull Books, 2005.

कम्पनियाँ नियमित रूप से मद्रास, सिलोन, कलकत्ता तथा रंगून में भी धूम मचा रही थीं। हर जगह पर कम्पनियाँ अपने नाम के पीछे 'ऑफ बम्बई' लिखना नहीं भूलती थीं। उनकी प्रसिद्धि हर इलाके में छाई हुई थी। यहाँ तक कि बम्बई में भी पारसी रंगमंच एक वृहद नाट्य संस्थान में बदल चुका था जिसकी प्रकृति, कार्य पद्धति और ऐतिहासिक पहचान अब उस समुदाय से लगभग छूटती प्रतीत हो रही थी, जहाँ से उसकी शुरुआत हुई थी। लेखक, अभिनेता, कम्पनी-मैनेजर, संगीतकार तथा मंच के लोग लगभग सभी एक मिश्रित वर्ग, जाति तथा धार्मिक पृष्ठभूमि के लोग थे। यहाँ तक कि दर्शक वर्ग भी जो प्रारम्भिक दिनों में ब्रिटिश अधिकारी फौजी तथा धनाढ्य पारसी समुदाय हुआ करता था, अब उसमें शिक्षित तथा पेशेवर लोग भी शामिल होने लगे। 19वीं सदी के अन्त तक आते-आते टेक्सटाइल कम्पनी के मजदूर कारीगर छोटे व्यापारी भी सस्ती दर के टिकट खरीद कर नाटक देखने आने लगे।

परन्तु इतने सारे बदलावों के बावजूद जैसा कि हैन्सन बतलाती हैं कि पूरे दक्षिण एशिया में पुरुषों द्वारा स्त्री किरदारों को निभाया जाना एक आम बात थी क्योंकि महिलाओं द्वारा सार्वजनिक स्थानों पर अभिनय किए जाने को सामाजिक तौर पर बेहद बुरा माना जाता था। लिंग-आधारित इन विभाजनों ने सार्वजनिक और निजी दुनिया को भी बाँट रखा था। सामाजिक रूप से सम्भ्रान्त माने जाने वाले परिवारों की स्त्रियाँ तो घरों की चारदीवारी में कैद सी थीं। नाचना-गाना बाजारू औरतों का काम माना जाता था। पारसी रंगमंच के दस्तावेज यह बतलाते हैं कि इस श्रेणी की औरतों को कुछ खास समय के लिए तनख्वाह पर रखा जाता था।

इस काल में नाट्य परम्पराओं की लैंगिक मनोवृत्ति को समझने के लिए स्त्री बहुरूपियों एवं उस दौर की अभिनेत्रियों का अध्ययन आवश्यक है, जिसे दो स्तरों पर समझे जाने की आवश्यकता है। पहला स्तर, अभिनय करने वाले का लैंगिक-शरीर अर्थात वह माध्यम जिसके जरिए कलाकार दर्शकों को सम्बोधित कर रहे थे। उस शरीर की पुनर्रचना क्रम में वह दर्शकों के दृश्यानन्द, लैंगिक पहचान तथा सामाजिक निहितार्थों को भी प्रस्तुत कर रहा था।[4]

बहुत हद तक यह प्रक्रिया अभिनय करने वाले की व्यक्तिगत पसन्द, दर्शकों की जरूरत तथा अभिनय करने वाले के स्वयं की क्षमता पर निर्भर थी। दूसरा स्तर, इसके ठीक विपरीत मंच के बाहर होने वाली सार्वजनिक बहसों तथा कम्पनी की नीतियों से सम्बन्धित था जहाँ कलाकारों की छवि को रचने का काम समाज के उन लोगों के द्वारा किया जाता था जो थिएटर की दुनिया में एक दखल रखते थे और स्वयं को सांस्कृतिक सत्ता एवं प्रतिष्ठा का रक्षक मानते थे। अर्थात स्त्री बहुरूपियों की स्थिति समाज में इन दोनों ही स्तरों पर सुनिश्चित की जाती थी।

---

4. Nandi Bhatia, *Performing Women / Performing Womanhood : Theatre, Politics, and Dissent in North India,* September, 2010.

अतः पारसी रंगमंच में स्त्रियों की स्थिति पर बात करने से पूर्व इन स्त्री बहुरूपियों पर भी बात करना प्रासंगिक है ताकि यह पता चल सके कि ये कलाकार किस प्रकार दर्शकों के सामने प्रदर्शन करते थे एवं किस तरह के दृश्यानन्द की अनुभूति उन्हें अभिनय करते हुए देखकर होती थी। इस सम्बन्ध में अधिकतर साक्ष्य, सोमनाथ गुप्त (1981) के निबन्धों में प्राप्त होती है जिसका अधिकतर स्रोत वे धनजी भाई पटेल की सूचनाओं तथा छायाचित्रों से प्राप्त करते हैं। कई सालों तक लगातार पटेल के लेख एक लोकप्रिय गुजराती अखबार 'कैसर-ए-हिन्द' में प्रकाशित होते रहे। 1931 में इसका एक संकलन भी प्रकाशित हुआ।[5]

इसके अतिरिक्त एक प्रमुख साहित्य स्रोत के रूप में विद्यावती नम्र (1972) का पी-एच.डी. शोध प्रबन्ध है जो स्वयं मशहूर पारसी हिन्दी नाटककार नारायण प्रसाद की बेटी हैं। इसके अतिरिक्त मास्टर फिदा हुसैन, जो एक जमाने में पारसी रंगमंच में अभिनेता हुआ करते थे, का हिन्दी संस्मरण भी महत्त्वपूर्ण है जो प्रतिभा अग्रवाल द्वारा सम्पादित है। यह पुस्तक पारसी रंगमंच में स्त्री कलाकरों तथा स्त्री बहुरूपियों की व्यापक तस्वीर प्रस्तुत करती है। हालाँकि ये स्रोत मुख्यतः विवरणात्मक है और घटनाक्रम आगे-पीछे हो गए हैं फिर भी ये स्रोत अपने सम्बन्ध में सबसे विश्वसनीय हैं। इन्होंने अपने-अपने तरीके से पारसी रंगमंच से जुड़ी हस्तियों के जीवनानुभवों के आधार पर शोधकार्य किया है।

सभी विद्वान यह बताते हैं कि पारसी रंगमंच अपने शुरुआती बीस वर्षों में एक व्यावसायिक संस्था की बजाय एक सांस्कृतिक उपक्रम था। जिसमें उत्साही युवक तथा उस समय के सामाजिक कार्यकर्ता, जो सार्वजनिक जीवन में महत्त्वपूर्ण स्थान रखते थे, भाग ले रहे थे। सबसे पहले महिला किरदारों को निभाने का श्रेय डी.एन. पारिख को दिया जाता है जिन्होंने 'द मर्चेन्ट ऑफ वेनिस' में पोर्टिया तथा 'द डाक बंगलों' में मिसेज स्मार्ट का किरदार निभाया।[6] ये सभी प्रदर्शन सर जमशेदजी जीजीभोए, जो एक प्रमुख पारसी व्यावसायी थे तथा जगन्नाथ शंकर सेठ, जो एक धनाढ्य साहूकार थे और दोनों ही ग्रांट रोड थिएटर के काम में पूरे मनोयोग से लगे हुए थे, के संरक्षण में हुए।

इस प्रकार कलाकारों की सामाजिक स्थिति, उनके धनाढ्य संरक्षक तथा कॉलेज जीवन में कला के प्रति उनके प्रेम ने पारसी रंगमंच को एक 'तार्किक' मनोरंजक माध्यम के रूप में स्थापित किया। यह रंगमंच उस पुराने रंगमंच से सर्वथा भिन्न था जिसे उस जमाने के रूढ़िवादी सामंत संरक्षित-सम्पोषित करते आए थे।

---

5. David Willmer, *Theatricality, mediation and Public space : The legacy of Parsi Theatre in South Asian Cultural History,* Ph.D Thesis (unpublished), May 1999.
6. Kathryn Hansen, 'Stri Bhumika : Female Impersonators and Actresses on the Parsi Stage', *Economic and Political Weekly,* Vol. 33, No. 35 (Aug 29-Sep 4.) pp. 2291-2300.

1860 के आस-पास कुछ पारसी व्यवसायियों द्वारा इसे 'थिएट्रिकल' तथा व्यावसायिक रूप देने का प्रयास शुरू हुआ। 1868 में विक्टोरिया थिएट्रिकल कम्पनी की स्थापना के बाद सही मायने में पारसी रंगमंच ने एक पूँजीवादी और व्यावसायिक संस्थान के रूप में अपने आप को उभारना शुरू किया। ज्यादा संख्या में नाटकों का मंचन होने लगा और दर्शकों की संख्या में भी इजाफा हुआ। अब कम्पनी को ऐसे सुकुमार और अच्छी शक्ल-सूरत वाले युवकों की तलाश थी जो स्त्री पाठ अदा कर सकें। ऐसे कोमल स्वरों और नाज-नखरे वाले युवकों के जरिए कम्पनी को ज्यादा फायदा होने की उम्मीद थी।

दादी पटेल (1844-1876) जब पुरानी विक्टोरिया थिएट्रिकल कम्पनी से अलग हुए तब वे अपने साथ उन कलाकारों को भी ले आए जो स्त्री भूमिकाएँ किया करते थे। सी.एस. नजीर, जो अब कम्पनी के नए मैनेजर थे, ने आनन-फानन नए लड़कों की भर्ती की जिसमें दो युवक एदालजी दादाभाई (एक कालेजर) तथा अर्देशर (अदो) बाद में काफी मशहूर हुए। पारसी थिएटर में लड़कों की भर्ती एवं उनका प्रशिक्षण सामान्यतः कम्पनी के व्यावसायिक हितों को ध्यान में रखकर भी किया जाता था। ये लड़के सभी किस्म के किरदार निभाने के साथ-साथ कम्पनी के अन्य काम भी किया करते थे। उम्र बढ़ने और मानसिक स्थिति बदलने के साथ-साथ कम्पनी प्रबन्धकों द्वारा उनको कुछ खास भूमिकाएँ दे दी जाती थीं।[7] खुर्शीद बालीवाला (1852-1913), जो बाद में विक्टोरिया थिएट्रिकल कम्पनी के प्रबन्धक हुए, ने भी 18 बरस की उमर में 'रुस्तम और सोहराब' में स्त्री की भूमिका अदा की। उसके एक साल बाद वे 'सोने के भूल की खुर्शीद' में 'नायक' की भूमिका में आए। कई ऐसे कलाकारों का भी जिक्र मिलता है जिन्होंने स्त्री भूमिकाएँ निभाते हुए उन किरदारों को इतना जीवन्त कर दिया कि लोग उन्हें उसी नाम से बुलाने लगे। मदान थिएटर के दो भाइयों को यह लोकप्रियता हासिल हुई थी।[8]

नशवरन जी-फ्रेम जी, जो नस्लू के रूप में मशहूर थे, उन्हें रुस्तम और सोहराब में सोहराब की माँ तहमीना से पुकारा गया। नस्लू के छोटे भाई पेस्टनजी फ्रेमजी को शेक्सपीयर के 'पेरिसेल्स' पर आधारित उनके गुजराती नाट्य-रूपान्तरण में अभिनय के बाद पेसू 'अलान' के नाम से पुकारा जाने लगा। 1877 में जब जहाँगीर खमबाता ने इम्प्रसेस विक्टोरिया थिएटर कम्पनी की शुरुआत की तब उन्होंने एक बहुत मशहूर पुरुष कलाकार नसलू सरकारी जो स्त्री भूमिकाएँ किया करता था और अपने कोकिल कंठ के लिए जाना जाता था, को इन्दर-सभा में परी की भूमिका निभाने को कहा। इसके बाद उन्होंने हरिश्चन्द्र नाटक में जोगन का रोल अदा किया।

7. Pandey, Mrinal, 'Moving beyond Themselves : Women in Hindustani Parsi Theatre and Early Hindi Films', *Economic and Political Weekly,* April 29, 2006.
8. Balwant Gargi, *Theatre in India,* New York, Theatre arts books, 1962, PP. 80-95.

विक्टोरिया कम्पनी के दिल्ली भ्रमण के दौरान भी एक कलाकार जो कम्पनी के लोगों के बीच 'बहूजी' के नाम से पुकारा जाता था, ने जोगन की भूमिका निभाते हुए दर्शकों को आश्चर्यचकित कर दिया।

पारसी थिएटर में बीसवीं सदी तक यह परम्परा कायम रही। हमें उन अभिनेताओं की लम्बी सूची मिलती है जिन्होंने स्त्रियों की भूमिका अदा की। परन्तु उनके सम्बन्ध में लिखित दस्तावेजों के रूप में हमें अत्यन्त कम सामग्री प्राप्त होती है। सिर्फ दो गैर-पारसी कलाकारों—जयशंकर सुन्दरी (1888-1967) तथा बाल गन्धर्व (1889-1975) के सम्बन्ध में कुछ सामग्री प्राप्त है।

जयशंकर सुन्दरी ने गुजराती रंगमंच में बहुत नाम कमाया, वहीं बाल गन्धर्व ने मराठी रंगमंच का नाम रोशन किया। दोनों ने ही स्त्री सुलभ भाव-भंगिमाओं को पूरे समर्पण और स्वाभाविकता के साथ-साथ मंच पर पेश किया। उनकी इस अति-महत्त्वपूर्ण सक्रियता के लिए भारत सरकार की तरफ से उन्हें पद्मभूषण से भी सम्मानित किया गया। सुन्दरी ने अपने रंगमंचीय जीवन की शुरुआत बारह वर्ष की आयु में की थी। 'सौभाग्य सुन्दरी' नामक नाटक में सुन्दरी की भूमिका निभाने के कारण ये 'जयशंकर सुन्दरी' के नाम से मशहूर हुए। इसके पूर्व इन्होंने दादाभाई थूंठी के थिएटर कम्पनी में तीन साल काम किया था। ये थनथनिया थिएटर में छः रुपये की पगार पर हर रात लड़कियों के रूप में कोरस गाया करते थे। इनकी पहली महत्त्वपूर्ण भूमिका 'इन्दर सभा' में एक परी की थी। इसके बाद इन्होंने कई उर्दू नाटकों में काम किया।[9]

अपने कलकत्ता प्रवास के दौरान इन्होंने स्त्री सुलभ भंगिमाओं, स्वर, चाल-ढाल को पूरी तरह आत्मसात कर लिया था जिसका असर पूरी जिन्दगी इनके व्यक्तित्व पर बना रहा। बम्बई लौटने के बाद इन्होंने विक्रमचरित में रम्भा का किरदार निभाया। इस नाट्य प्रस्तुति में इनका एक मशहूर दृश्य था जिसमें सुन्दरी अपने सिर पर दूध की मटकी लिए मंच पर आते हैं तथा नायक को दूध लेने का आग्रह करते हुए गाते हैं—'कोई दूध लियो दिलरागी।'' उनका यह चरित्र उस समय बम्बई में इतना मशहूर हुआ कि कई टेक्सटाइल कम्पनियों के मालिकों ने 'रम्भा' के नाम से पुरुषों के लिए धोती और महिलाओं के लिए साड़ियाँ छपवाने लगे। उनकी इस सफलता को दर्शाने के लिए पद्मभूषण के रूप में दिये जाने वाले प्रशस्ति-पत्र में यह उल्लेख किया गया है कि :

"बम्बई की औरतों के लिए यह एक फैशन था कि वे सुन्दरी की तरह साड़ियाँ बाँधना एवं अनुकरण करना सीखें।"[10]

---

9. Kathryn Hansen, 'Stri Bhumika : Female Impersonators and Actresses on the Parsi Stage', *Economic and Political Weekly,* Vol. 33, No. 35 (Aug 29-Sep 4.) pp. 2291-2300.
10. जयशंकर 'सुन्दरी', अनु. दिनेश खन्ना, *कुछ आँसू : कुछ फूल,* राष्ट्रीय नाट्य विद्यालय, 2002

जयशंकर 'सुन्दरी' (1917) 11

'कोई दूध लियो दिलरागी' नाटक 'विक्रमचरित' में जयशंकर 'सुन्दरी' (1900) 12

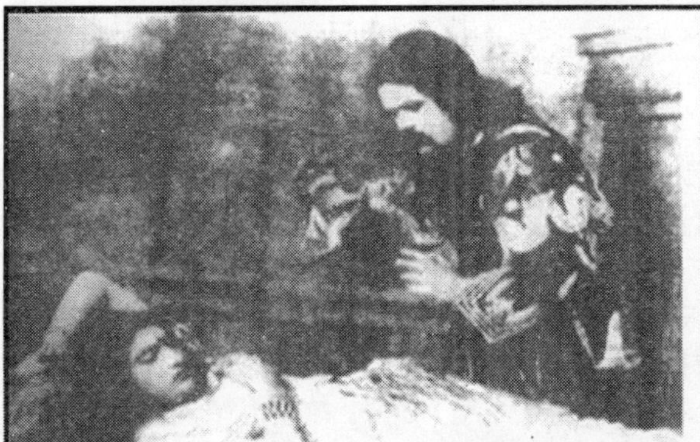

जयशंकर 'सुन्दरी' और बापुलाल, नायक सौभाग्य सुन्दरी (1901) 13

नाटक छोड़ने के बाद 'सुन्दरी' (1932) 14

'कामलता' में 'सुन्दरी' और बापुलाल नायक (1904) 15

11. जयशंकर 'सुन्दरी', अनु. दिनेश खन्ना, *कुछ आँसू : कुछ फूल,* राष्ट्रीय नाट्य विद्यालय, 2002
12. वही। 13. वही। 14. वही। 15. वही।

कामलता में जयशंकर 'सुन्दरी' (1904)[16]

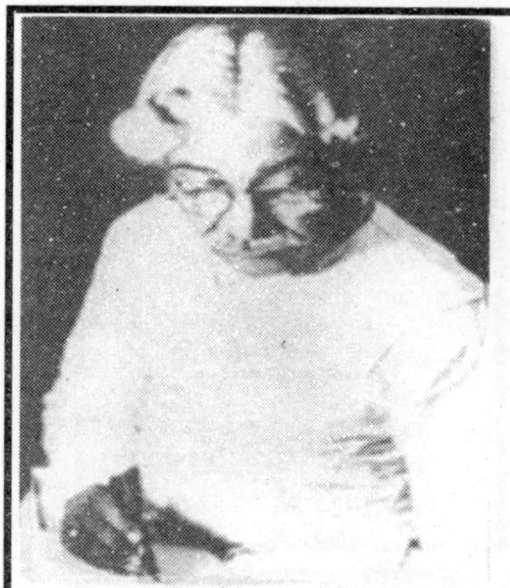

जयशंकर 'सुन्दरी' लेखन-कार्य में व्यस्त (1954)[17]

सुन्दरी की तरह ही बाल गन्धर्व भी महाराष्ट्र में एक गायक और कलाकार के रूप में बहुत मशहूर हुए। खासतौर पर डेक्कन कॉलेज और कई भारतीय राजा-महाराजाओं के दरबार में। उन्होंने 1905 में मिराज के राज दरबार में 'शकुन्तला' की भूमिका के साथ अभिनय की शुरुआत की थी। सुन्दरी की तरह की वह भी स्त्री पात्रों को इतनी खूबसूरती के साथ अदा करते कि दर्शकों की आँखों में आँसू आ जाते। उससे भी आगे बढ़कर उन्होंने महिलाओं के वस्त्र, व्यवहार, अदा सबके लिए एक मानक तय कर दिया। उनकी तस्वीरों का इस्तेमाल महिलाओं द्वारा प्रयोग किए जाने वाले श्रृंगार प्रसाधन के डब्बों पर किया जाने लगा था। उनका साड़ी बाँधने का अन्दाज, गहने जैसे—नाक की कील, बालों में फूल लगाना तथा रूमाल रखना एक फैशन का रूप ले रहा था। यहाँ तक कि धनाढ्य घरों में उनकी सम्भ्रान्त मध्यवर्गीय गृहिणी वाली तस्वीरें बैठकखानों की शोभा बढ़ाने लगी थीं। कई उद्योगपति अपने कैलेंडर, डायरी तथा पुस्तकों के पहले पन्ने पर उनकी फोटो का इस्तेमाल करने लगे थे।[18-19]

इस प्रकार तमाम घटनाक्रमों से हमें उस दौर में पुरुष कलाकारों द्वारा स्त्री पात्रों को निभाए जाने तथा उससे दर्शकों को प्राप्त होने वाले आनन्द की झलक

16. जयशंकर 'सुन्दरी', अनु. दिनेश खन्ना, कुछ आँसू : कुछ फूल, राष्ट्रीय नाट्य विद्यालय, 2002
17. वही।
18. Kathryn Hansen, 'Making Women Visible : Gender and Race Cross-Dressing in the Parsi Theatre', *Theatre Journal*, Vol. 51, No. 2 (May, 1999), pp. 127-147
19. Kathryn Hansen, 'Stri Bhumika : Female Impersonators and Actresses on the Parsi Stage', *Economic and Political Weekly*, Vol. 33, No. 35 (Aug 29-Sep 4.) pp. 2291-2300.

मिलती है। यह प्रक्रिया कई स्तरों पर चलती थी। पहला दर्शक किसी पुरुष पात्र को स्त्री भूमिकाएँ निभाते देख रोमांचित हो उठते थे।

ये कलाकार स्त्रियों की भूमिकाएँ अत्यन्त सहजता से करते थे और दर्शकों के बीच स्वयं को 'औरत' के रूप में स्वीकार कर लेते थे। इसलिए स्त्री पात्रों को निभाने वाले कलाकारों के लिए यह अनिवार्य था कि वे अपने शारीरिक सौन्दर्य और आवाज का खास ख्याल रखें। जिसका अर्थ यह था कि दर्शकों पर सुनने का गहरा असर होता था। अन्ततः स्त्री-बहरूपियों द्वारा निभाई जाने वाली स्त्री-भूमिकाओं के कारण सार्वजनिक रूप से दिखने वाली एक 'सम्मानित स्त्री' की छवि निर्मित हुई। एक ऐसी छवि जिससे स्त्री और पुरुष दोनों प्रभावित हो रहे थे। अर्थात यह ब्रिटिश औपनिवेशिक

20

विमर्श को एक 'आदर्श भारतीय नारी' की छवि के रूप में दिया जा रहा जवाब भी था। अभी तक अंग्रेजों की प्राच्यवादी विचारों के तहत भारतीय समाज और यहाँ पुरुषों को अपनी स्त्रियों को दोयम दर्जा देने के कारण हेय दृष्टि से देखा जा रहा था परन्तु इस प्रकार की प्रस्तुतियों ने पुरुषों को अपनी छवि से बाहर निकलने का अवसर भी प्रदान किया था।

साथ ही यह छवि कहीं न कहीं पितृसत्तात्मक राष्ट्रवादी विचारों और पुरुषत्व को भी पुष्ट कर रही थी। इसके अतिरिक्त स्त्रियों ने भी इन प्रदर्शनों को देखकर यह

20. Kathryn Hansen, 'Stri Bhumika : Female Impersonators and Actresses on the Parsi Stage', *Economic and Political Weekly,* Vol. 33, No. 35 (Aug 29-Sep 4.) pp. 2291-2300.

21

आत्मसात किया कि उन्हें सार्वजनिक स्थानों पर स्वयं को किस प्रकार प्रस्तुत करना है। स्त्री 'बहुरूपियों' ने अपने अभिनय के जरिये तौर-तरीकों, चाल-ढाल, पहनावे-ओढ़ावे का जो चलन शुरू किया उसने मध्यमवर्गीय स्त्रियों के लिए एक खास तरह के लैंगिक मानदंडों की रचना की परन्तु यह भी सत्य है कि इस निर्मिति के पीछे भी पुरुषों का ही हाथ था।

बावजूद इसके महिलाओं को अभी भी रंगमंच की दुनिया से कई कारणों से दूर रखा गया था। स्त्री की भूमिका निभा रहे बहुरूपियों ने रंगजगत में अपनी स्थिति

21. Kathryn Hansen, 'Making Women Visible : Gender and Race Cross-Dressing in the Parsi Theatre', *Theatre Journal,* Vol. 51, No. 2 (May, 1999), pp. 127-147.

इतनी मजबूत कर ली थी कि उन्होंने न सिर्फ महिलाओं के लिए रोजगार के अवसरों को समाप्त किया बल्कि एक खास किस्म के नारी विद्वेषी विमर्श को भी पैदा किया जिसके कारण औरतों को न सिर्फ रंगमंच से बाहर रखा गया बल्कि यह भी कोशिश की जाती रही कि उन्हें जनता की नजरों से दूर रखा जाए। साथ ही यह स्थापित करने का भी प्रयास किया गया कि स्त्रियों की अपेक्षा पुरुष इन जेंडर भूमिकाओं को बेहतर तरीके से निभा सकते थे। इससे यह अनुमान लगाया जा सकता है कि रंगमंच की व्यवस्था तथा इसके कलाकारों ने लम्बे समय तक स्त्री-शरीर और इसके प्रस्तुतिकरण पर अपना नियंत्रण कायम रखा।[22]

ठीक इसी तरह की परम्परा हमें 20वीं सदी के शास्त्रीय नृत्य-घरानों में भी देखने को मिलती है जिसमें 'गुरू' कहलाए जाने वाले लोगों में बहुसंख्य पुरुष थे। इन्होंने नृत्य की मुद्राओं, कलाओं और परिपाटी को निर्धारित किया। यह प्रक्रिया हमें उस काल के पत्रकारों, साहित्यिक रचनाओं तथा सामाजिक कार्यकर्ताओं के कार्य पद्धति में भी देखने को मिलती है जो स्त्रियों की छवि को अपनी आवश्यकतानुसार रच रहे थे।[23]

पारसी रंगमंच पर किए गए अपने शोध के जरिए मृणाल पाण्डे अपने आलेख 'मुविंग बियोंड देम शेल्फस : वुमेन इन हिन्दुस्तानी पारसी थिएटर एंड अरली हिन्दी फिल्म्स' में बताती हैं कि हिन्दुस्तानी थिएटर पर सामग्री एकत्र करने के दौरान मैं उन लोगों से मिली जो मास्टर मंडलियों में लगभग 10 वर्षों तक स्त्री भूमिकाएँ निभा रहे थे।[24] वे अपने संस्मरणों को याद करते हुए बताते हैं कि स्त्री की भूमिका अदा करने के लिए कड़ी साधना करनी पड़ती थी। एक नवयुवक को मंच पर स्त्री भूमिका निभाने के लिए अपनी चाल-ढाल पर बहुत ध्यान देना पड़ता था। मास्टर चम्पालाल से बात करते समय अभी भी उनके द्वारा आत्मसात की जा चुकी भंगिमाओं जैसे आँखें मटकाना, नाजों-नखरे के साथ उठना-बैठना आदि की झलक मिलती है।[25]

उन्होंने बताया कि स्त्री भूमिकाएँ निभाने वाले कलाकारों को कुछ खास निर्देश जरूर दिए जाते थे जैसे—

- अपने लम्बे बालों को कटवाकर कभी छोटा मत करो। लम्बे और मुलायम बाल स्त्रियों के लिए अनिवार्य हैं।

---

22. Pandey, Mrinal, 'Moving beyond Themselves : Women in Hindustani Parsi Theatre and Early Hindi Films', *Economic and Political Weekly,* April 29, 2006.
23. Dutt, Munsi, 'Engendering Performance : Indian Women Performers in Search of an Identity', Sage, 2010.
24. Pandey, Mrinal, 'Moving beyond Themselves : Women in Hindustani Parsi Theatre and Early Hindi Films', *Economic and Political Weekly,* April 29, 2006.
25. Nandi Bhatia, 'Performing Women / Performing Womanhood : Theatre, Politics, and Dissent in North India', September, 2010.

- जब तक आप स्त्री भूमिका निभा रहे हैं तब तक पुरुषों की संगत से दूर रहें। यदि अपने किसी पुरुष मित्र या पुरुष रिश्तेदार से मिल रहे हैं तो सावधान रहें कि थिएटर देखने जाने वाले लोगों से आपका सामना न हो। दूसरे पुरुषों से मिलने पर आपकी 'प्रतिष्ठा' को खतरा हो सकता है।
- यात्रा करते समय आप पुरुषों से अलग जनाना डब्बे में बैठे तथा पहुँचने पर अपने लिए अलग टेंट की व्यवस्था करें। साथ ही यह भी ध्यान रखें कि आप अपने टेंट में किसी पुरुष को आमंत्रित न करें, न तो अपने नाटक-मंडली के और न ही किसी दर्शक को।
- नृत्य-संगीत सिखाने वाले शिक्षक आपको यह सिखलाएँगे कि आप अपनी आवाज और चाल-ढाल में कैसे परिवर्तन लाएँ। वे जो कहें आपको उसी निर्देश का पालन करना है।
- आपको मसालेदार खाने और पीने की चीजों से खुद को दूर रखना है। वे आपकी आवाज और आपकी रंगत को नष्ट कर सकते हैं और आपको 'मर्द' और 'गर्म मिजाज' में तब्दील कर सकता है।

इस प्रकार हम देखते हैं कि पूरे भारत में सभी समुदाय के लोगों ने मंच पर स्त्रियों के आने का विरोध किया। पारसी रंगमंच पर महिलाओं को लाने का सारा श्रेय दादी पटेल को जाता है जिसके लिए उन्हें कैखुशरू जी नवाजी काबरा का भी समर्थन मिला जो उस समय (1842) एक पारसी अखबार 'रश्त गोफ्तार' के सम्पादक थे।[26] व्यावसायिक रंगमंच में महिलाओं के प्रवेश के एक अन्य समर्थक कावसजी खटाऊ भी थे जिन्होंने एक एंग्लो इंडियन अभिनेत्री मिस मेरी फेंटन से बाद में विवाह भी रचाया और उसे अपने तमाम साथियों के विरोध के बावजूद रंगमंच में अभिनय करने की अनुमति दी। मेरी फेंटन अपने जमाने की पहली एंग्लो-इंडियन अभिनेत्री थी जिसके आगमन के पश्चात रंगमंच में भारतीय स्त्री का निरूपण स्त्री शरीर के साथ सम्बद्ध हो गया। परन्तु इसमें महत्त्वपूर्ण योगदान उस गोरी नस्ल का था जिसने एक बड़ा दर्शक वर्ग बना लिया। विदेशी समझे जाने के बावजूद इन एंग्लो-इंडियन अभिनेत्रियों ने आदर्श स्त्री की रचना में जो नया आयाम जोड़ा था, वह थी उनकी 'गोरी त्वचा' और 'आधुनिक तौर-तरीके। उन्होंने पूर्व परिभाषित जेंडर अस्मिताओं, जिन्हें स्त्री-बहरूपिये पहले ही प्रचलित कर चुके थे, ये 'गोरी नस्ल' के प्रति दर्शकों की लालसा को जागृत किया था। उन्होंने स्वयं को उन भारतीय अभिनेत्रियों के

26. David Willmer, *Theatricality, mediation and Public space : The legacy of Parsi Theatre in South Asian Cultural History*, Ph.D Thesis (unpublished), May 1999. pp.15

मिस मेरी फेंटन उर्फ मेहरबाई : पारसी थियेट्रिकल कम्पनी की प्रसिद्ध विदेशी तारिका[27]

मिस मुन्नी बाई, पारसी थियेटर की 20वीं सदी की तारिका[28]

विकल्प के रूप में भी स्थापित किया था जिनकी सामाजिक स्थिति ऐसी नहीं थी कि वे दर्शकों के दृश्यानन्द को पूरा कर सकें।

बाटलीवाला की विक्टोरिया थिएटर कम्पनी में मिस मेरी फेंटन के आगमन के बाद कई अन्य अभिनेत्रियों का भी रंगमंच की दुनिया में आगमन हुआ। जिसमें मिस गौहर, मिस फातिमा, मिस जमीला, मिस बिजली, मिस कमली, मिस गुलाल, मिस गंगा और मिस उम्दा जान आदि थीं। परन्तु उन सब में मेरी फेंटन सबसे मशहूर रहीं। वो एक आइरिश सिपाही की बेटी थीं जो रिटायर होने के बाद दिल्ली में जादू का खेल दिखाकर लोगों को मनोरंजन किया करता था। संयोग से मेरी की मुलाकात कावसजी से हुई जिसके बाद उसने उनके ग्रुप के साथ काम करना स्वीकार कर लिया। उसके बाद उसने 'हरिश्चन्द्र' तथा 'मौली गुल' में बेहतरीन अदाकारी पेश की। उसी तरह विक्टोरिया कम्पनी में मिस गौहर और मिस खातून ने खूब नाम कमाया। कहा जाता है कि मिस खातून के असंख्य प्रशंसक थे जिसमें से एक ने गुस्से में एक बार उसकी नाक काट दी और उसके अभिनय जीवन को हमेशा के लिए खत्म कर दिया। इन अभिनेत्रियों ने बाद में कई थिएटर मालिकों के साथ शादी करके अपना घर बसा लिया। मेरी फेंटन ने विक्टोरिया कम्पनी के मालिक के साथ शादी कर ली और बाद में एक सम्भ्रान्त पारसी स्त्री की तरह रहने लगीं।[29]

---

27. डॉ. लक्ष्मीनारायण लाल, *पारसी-हिन्दी रंगमंच,* राजपाल एंड संज, 1973
28. वही।
29. Pandey, Mrinal, 'Moving beyond Themselves : Women in Hindustani Parsi Theatre and Early Hindi Films', *Economic and Political Weekly,* April 29, 2006

प्रसिद्ध अभिनेत्रियाँ

गौहरबाई : पारसी थियेट्रिकल कम्पनी की मुख्य अभिनेत्री, जो बाद में मेहन थियेटर में आ गईं।

फुलकुमारी : योरोपियन कम्पनी की एक शाखा केसरी थियेटर की हास्य-अभिनेत्री

लीलाबाई : अल्फ्रेड थियेटर की नर्तकी

30

पारसी रंगमंच के ही एक और अति लोकप्रिय कलाकार मास्टर फिदा हुसैन के अनुसार नरसी (जो भूमिका उन्होंने स्वयं की थी) स्त्री पहली बार व्यावसायिक रंगमंच पर 1910–11 में अवतरित हुई थी। स्त्री बहरूपियों की

30. डॉ. लक्ष्मीनारायण लाल, *पारसी-हिन्दी रंगमंच*, राजपाल एंड संज, 1973

वजीरजहाँ : सुखलालजी कम्पनी की तारिका [31]

रोशनआरा : अल्फ्रेड थियेटर की अभिनेत्री [32]

रामदुलारी : कारोनेशन थियेट्रीकल कम्पनी, मिनर्वा थियेटर और उत्तरकाल की कम्पनियों की अभिनेत्री [33]

पेशन्स कूपर : मेडन थियेटर की प्रख्यात हीरोइन [34]

परम्परा को समाप्त करने और उनकी भूमिका निभाने का कार्य सबसे पहले मिस बिजली ने किया था जो बाटलीवाला थिएटर में काम करती थी। बाद में वह किसी और थिएटर कम्पनी में चली गई। न्यू एल्फ्रेड थिएटर में मशहूर अभिनेत्री–गायिका गौहर जान की माँ पुतली बाई तथा उसकी बहन सुल्ताना भी काम करती थीं।

---

31. डॉ. लक्ष्मीनारायण लाल, पारसी–हिन्दी रंगमंच, राजपाल एंड संज, 1973
32. वही।
33. वही।
34. वही।

दादी पटेल अपने नाटक इन्दर-सभा में भूमिका निभाने के लिए अपने साथ हैदराबाद से मुम्बई कुछ गाने वालियों को भी ले आए जिनमें एक लतीफा बेगम भी थी। वह एक बेहतरीन नर्तकी थी और ग्रांट रोड स्थित थिएटर के दर्शकों की अपार भीड़ इकट्ठा करती थी जो मंच पर एक वास्तविक स्त्री को नृत्य करते हुए देखकर रोमांचित हो उठती थी। उनकी स्त्री कलाकारों के प्रति उत्कंठा का अन्दाजा इस उदाहरण से लगाया जा सकता है कि एक दिन जब लतीफा बेगम मंच पर नृत्य कर रही थीं, थिएटर के लोगों के कथनानुसार उसका एक प्रशंसक मंच के पीछे छुपा रहा और जैसे ही वह मंच से बाहर निकलीं उसके ऊपर अपना ओवर कोट डाला और उसे अपनी बग्घी में लेकर उड़न छू हो गया। दो अन्य बहानों—अमीर जान और मोती जान (दोनों पंजाब से थीं), का भी जिक्र मिलता है जो गायिकाएँ थीं। उनमें से एक ने बाद में अपने प्रशंसक से शादी कर ली और रंगमंच की दुनिया को अपनी बहन के साथ हमेशा के लिए अलविदा कह दिया। कालान्तर में इनका कोई जिक्र नहीं मिलता। कई महिला कलाकार जैसे अंगूरबाला, सीता देवी, इन्दूबाला हरिमती, और कमला झरिया को उस समय की म्यूजिक कम्पनी हिज मास्टर्स व्यायस (एच.एम.वी.) ने अपने संरक्षण में लिया और उन सबको मशहूर गायिका बनाया।

जहाँआरा बेगम उर्फ कज्जन बाई : 1935 से 1946 तक थियेटर की प्रसिद्ध हीरोइन और गायिका; टाकी फिल्मों की भी प्रथम हीरोइन

35

अख्तरी फैजाबादी : अब बेगम अख्तर के नाम से मशहूर कोरथियन थियेटर के नाटक 'गाजी मुस्तफा कमाल' की मुख्य अभिनेत्री

36

35. डॉ. लक्ष्मीनारायण लाल, पारसी-हिन्दी रंगमंच, राजपाल एंड संज, 1973
36. वही।

यह कम्पनी हमेशा एक जगह से दूसरी जगह घूम-घूम कर प्रदर्शन किया करती थी। ऐसे में उन्हें वहाँ स्थानीय कलाकारों की जरूरत पड़ती थी लेकिन ये कलाकार वहाँ अर्थहीन हो जाते थे।[37] इसके लिए उन्होंने एक तरकीब निकाली और वहाँ के लोकगीतों को ही और सुन्दर ढंग से पेश करते। नाटक चाहे किसी भी भाषा में हो, बीच-बीच में इस प्रकार के स्थानीय लोकगीतों ने जनता के बीच नई लहर पैदा कर दी थी। ऐसे में सीता देवी द्वारा गाया गया पंजाबी लोकगीत 'डाल गले में बहिया मैं रोये रोये जानिया चलता-पुर्जी' नाटक में शामिल किया गया था। पंजाब के दर्शकों ने उसे सुनकर 'वन्स मोर, वन्स मोर' से पूरा हॉल गुँजा दिया। उसी प्रकार अलेक्जंड्रा कम्पनी के हीराबाई के देशभक्ति गीत, 'खुदा ये कैसी मुसीबत में ये हिन्द वाले पड़े हुए हैं' सुनने के बाद भी दर्शक 'वन्स मोर, वन्स मोर' चिल्लाने लगते। इन सभी मशहूर गायिकाओं के बीच में दो जुबैदा थीं जिन्हें जुबैदा-1 जुबैदा-2 के नाम से जाना जाता था। इनमें से पहली बर्मा की एक स्त्री की सन्तान थी और दूसरी हसन मीरा की। उसका जन्म रंगून में हुआ था और 20वीं सदी के आरम्भिक दशक में वह कलकत्ता के मूनलाइट थिएटर की मशहूर गायिका बन चुकी थी। जुबैदा-2 पुतली बाई की भतीजी थी जिसने बाद में मूक फिल्मों में भी अभिनय किया और 'आलमा आरा' में मुख्य भूमिका निभायी। अंगूर बाला, जो एक गायिका के घराने से थी और मखमली आवाज की मलिका थी, उसने 'इन्दर सभा' में पुरुष की भूमिका निभायी थी। एच. एम.वी., जो एक रिकार्डिंग कम्पनी थी उसने अंगूर बाला के साथ कुछ गानों की रिकार्डिंग की थी जिसके लिए उसे हर गाने के लिए 80 रुपये का भुगतान किया गया। उसके बाद पहली बार एक बंगाली संगीतज्ञ के.सी. डे ने गायकों, गीतकारों तथा संगीत-निर्देशकों के लिए रॉयल्टी के मुद्दे को उठाया। उसके बाद ही कम्पनी में हर गायक को सारे बिक्री की 2.5 प्रतिशत राशि रॉयल्टी के रूप में मिलने लगी।[38]

1926-27 के दशक में महिला कलाकारों द्वारा प्रस्तुत किए जाने वाले गायन एवं नृत्य को देखने के लिए दर्शकों की बड़ी संख्या थिएटर आया करती थी। मदान कोरिएन्थन कम्पनी ने 12 एंग्लो-इंडियन लड़कियों का एक समूह बना रखा था जिसे प्रशिक्षण देने का काम मास्टर चम्पालाल करते थे। उन सभी लड़कियों में एक 'परी-चेहरा' पेशेन्स कूपर भी थी जो जल्द ही पूरे उत्तर भारतियों के दिल में नाटक-मंडली के साथ शहर-शहर घूम कर हलचल मचाने लगी थी। पेन्शन ने बाद

37. Pandey, Mrinal, 'Moving beyond Themselves : Women in Hindustani Parsi Theatre and Early Hindi Films', *Economic and Political Weekly*, April 29, 2006.

38. वही।

में एक चाय बागान के मालिक से शादी कर ली थी और 1947 में अपने पति के साथ पाकिस्तान चली गई थी। मिस मौली भी इस लिहाज से काफी मशहूर हुई थी पर बहुत जल्दी ही उसने भी थिएटर छोड़ दिया क्योंकि वह मास्टर फिदा हुसैन की कम्पनी का कड़ा अनुशासन नहीं झेल पाई। यह वह दौर था जब कम्पनी के कलाकारों को किसी भी कम्पनी की सम्पन्न और ख्याति का कारण माना जाता था। अक्सर एक कम्पनी दूसरी कम्पनी के नामी कलाकार को अपने यहाँ ज्यादा पगार पर रख लेती थी ताकि उसके नाम से कम्पनी को फायदा हो सके। इसलिए हर कम्पनी मालिक जारी रहा।[39]

39. Pandey, Mrinal, 'Moving beyond Themselves : Women in Hindustani Parsi Theatre and Early Hindi Films', *Economic and Political Weekly,* April 29, 2006.

प्रतिरोध की संस्कृति, नुक्कड़ नाटक और महिलाएँ

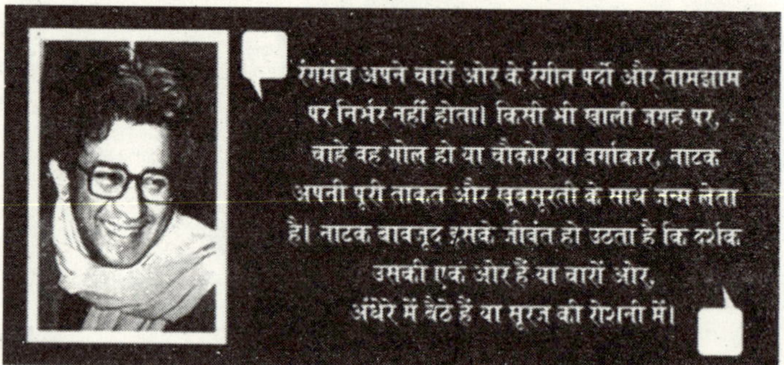

''मुद्दा यह नहीं है कि नाटक कहाँ आयोजित किया जाए (नुक्कड़ नाटक, कला को जनता तक पहुँचाने का श्रेष्ठ माध्यम है), बल्कि मुख्य मुद्दा तो उस अवश्यम्भावी और न सुलझने वाले विरोधाभास का है, जो कला के प्रति 'व्यक्तिवादी बुर्जुआ दृष्टिकोण' और 'सामूहिक जनवादी दृष्टिकोण' के बीच होता है।

—सफदर हाशमी, अप्रैल 1983

नाटक और रंगमंच की शुरुआत ही खुले में हुई अर्थात नुक्कड़ ही वह पहला स्थान था जो नाटकों के खेलने में इस्तेमाल हुआ। आदिम युग में सब लोग दिन भर काम से थक जाने के बाद मनोरंजन के लिए कहीं खुले में एक घेरा बनाकर बैठ जाते थे और उस घेरे के बीचों-बीच ही उनका भोजन पकता रहता, खान-पान होता और वहीं बाद में नाचना-गाना होता। इस प्रकार शुरू से ही नुक्कड़ नाटकों से जुड़े तीन जरूरी तत्त्वों की उपस्थिति इस प्रक्रिया में भी शामिल थी—प्रदर्शन स्थल के रूप में एक घेरा, दर्शकों और अभिनेताओं का अन्तरंग सम्बन्ध और सीधे-सीधे दर्शकों की रोजमर्रा की जिन्दगी से जुड़े कथानकों, घटनाओं और नाटकों का मंचन।

नाटक के क्षेत्र में नुक्कड़ नाटक को एक सांस्कृतिक विधा के रूप में स्थापित होने में समय लगा। आरम्भ में साहित्य और नाटकों के विद्वानों ने नुक्कड़ नाटक को शास्त्रीय नाट्य-विधा के रूप में स्वीकार करने में संकोच प्रकट किया। इसे लोक-नाट्य की श्रेणी में रखा गया लेकिन पिछले तीन दशकों के दौरान नुक्कड़ नाटक काफी लोकप्रिय होते चले गए और कई नामचीन नाटककार और रंगकर्मी इससे जुड़ गए। स्वर्गीय सफदर हाशमी एक विख्यात रंगकर्मी थे, जिन्होंने नुक्कड़ नाटकों को देशव्यापी पहचान दिलाने में सबसे महत्त्वपूर्ण भूमिका निभाई। कुछ वर्ष पूर्व उनकी हत्या कर दी गई थी। उन्होंने नुक्कड़ नाटकों के माध्यम से अनेक ज्वालन्त मुद्दों को प्रभावी तरीके से आम जनता के सामने रखा। नुक्कड़ नाटकों की लोकप्रियता और उनके विकास का पता इस बात से चलता है कि अब से कोई तीन दशक पूर्व 'जन नाट्य मंच' की नाटक मंडली द्वारा खेले गए नुक्कड़ नाटक 'औरत' को हिन्दी भाषी क्षेत्र में काफी ख्याति मिल चुकी थी। 1980 ई. के पहले ही इस नाटक के सैकड़ों प्रदर्शन हो चुके थे। कालान्तर में इसके हजारों प्रदर्शन हुए और पड़ोसी देश श्रीलंका, बांग्लादेश और पाकिस्तान में भी इसकी अनेक प्रस्तुतियाँ हुईं।

असल में नुक्कड़ नाटक का जन्म व उभार पूरी दुनिया में, समाज में जनवादी-आन्दोलनों के साथ एक राजनीतिक जरूरत के तहत हुआ है। यदि विश्व में नुक्कड़ नाटक के जन्म पर नजर डालें तो पता चलेगा कि रूस में समाजवादी स्थापना के बाद सांस्कृतिक-आन्दोलन के लिए रंगमंच के प्रयोग के दौरान और द्वितीय विश्व युद्ध के दौरान नाजीवाद और फासीवाद के विरुद्ध सेना को तैयार करने के लिए इसका प्रयोग किया गया। चीन में क्रान्ति के लिए किसानों को तैयार करने के लिए तीसरे दशक में इसका जन्म हुआ, तो स्पेन में गृहयुद्ध के दौरान, वियतनाम में जापानी, फ्रांसीसी और अमेरिकी हमलावरों के विरुद्ध युद्ध के दौरान, क्यूबा में क्रान्ति के तुरन्त बाद और पूरे लैटिन अमेरिका व अफ्रीका में राष्ट्रीय मुक्ति-संग्राम के दौरान और अमेरिका में यह खेत मजदूरों और नीग्रो के बीच संघर्ष और संगठन के साधन के रूप में लोकप्रिय हुआ।

नुक्कड़ नाटक की राजनीतिक प्रखरता एवं प्रतिबद्धता की वजह से इस पर राजनीतिक प्रोपगंडा का नाटक होने के आरोप हमेशा लगते रहे हैं, वैसे तो प्रत्येक युग में राजनीति, समाज के केन्द्र में रही है और जनजीवन को नियंत्रित व संचालित करने वाली शक्ति रही है, लेकिन वर्तमान लोकतांत्रिक व्यवस्था में राजनीति समाज की चर्चा का केन्द्रीय सवाल है। कोई जागरूक रचनाकार और नागरिक राजनीति से अछूता नहीं रह सकता। मानव समाज के सामने प्रस्तुत अधिकांश समस्याएँ राजनीति की देन हैं और निःसन्देह उनका समाधान भी

राजनीति में ही है। कालजयी रचनाएँ वही बन सकी हैं जिनमें तत्कालीन राजनीति के मुख्य सवालों व संघर्ष को उजागर करने की क्षमता थी। विमर्श के केन्द्र में सर्वाधिक रहने वाले महाकाव्य रामायण और महाभारत से यदि राजनीति निकाल दी जाए तो इनमें शायद ही कुछ मनुष्य के काम का बचे। भारत के स्वतंत्रता-आन्दोलन के दौरान वही रचनाएँ लोकप्रिय हुईं जिन्होंने तत्कालीन राजनीति को अपना विषय बनाया। फासीवाद के विरुद्ध संघर्ष में नुक्कड़ नाटक हमेशा सशक्त माध्यम रहा है। जर्मनी के बर्टोल्ट ब्रेख्त ने फासीवाद के विरुद्ध संघर्ष में ही नाटक का नया शास्त्र तैयार किया। भारतीय समाज में वर्चस्वशाली वर्गों की विचारधारा, पितृसत्ता और वर्ण-व्यवस्था के माध्यम से लोगों के विचार व व्यवहार को नियंत्रित करती है। समाज की लगभग दो-तिहाई आबादी के शोषण को यह विचारधारा वैध ठहरा देती है। स्त्रियों और दलितों को बराबरी का दर्जा मिले बगैर जनवादी व न्यायपूर्ण समाज की कल्पना ही नहीं की जा सकती। नुक्कड़ नाटकों ने स्त्री के आर्थिक व दैहिक शोषण तथा विकास के उचित अवसरों से वंचित करने के चित्र दर्शाये हैं और स्त्री का समाज के विकास में योगदान को प्रस्तुत किया है। समाज में शासक वर्गों द्वारा फैलाई जा रही मिथ्या-चेतना को दूर करने व संघर्ष चेतना को प्रखर करने में नुक्कड़ नाटक की भूमिका महत्त्वपूर्ण है।

विश्वयुद्ध के बाद निर्मित नवीन राजनीतिक स्थिति में एक नई सांस्कृतिक पहचान के निर्माण हेतु एक राष्ट्रवादी परियोजना के तौर पर साम्यवादी दल की सांस्कृतिक इकाई के रूप में 'इप्टा' का गठन किया गया था। 'इप्टा' की पहली कोशिश थी एक नए तरह के थिएटर का निर्माण करने की, जो मुख्यधारा के थिएटर की अपेक्षा अधिक यथार्थपरक हो। युद्धकालीन परिस्थितियाँ, 'ब्लैकआउट', देश के विभिन्न भागों में अकाल, आर्थिक बाधाएँ और सर्वव्यापी आतंक, इन सबने इस नए थिएटरीय विधा को अत्यन्त प्रासंगिक और सटीक बना दिया। 'इप्टा' ने अपने प्रथम थिएटर परियोजना 'नवान्न' में दो अभिनेत्रियों (तृप्ति मित्रा, शोभा सेन) को शामिल और प्रशिक्षित कर रंगमंच पर उतारा। इन्हें अलग किस्म की अभिनेत्रियों के रूप में प्रचारित किया गया। ये दोनों अग्रणी अभिनेत्रियाँ बाद में दो प्रमुख थिएटर-समूह की सह आयोजक बन गईं, जो 'इप्टा' के बाद की अवस्था में एक-दूसरे में विलीन हो गए। बंगाल के प्रगतिशील स्वैच्छिक कलाकार आन्दोलन की अगुआ बनी इन दोनों ने आगे चलकर दो निर्देशकों से विवाह कर लिया। तृप्ति मित्रा ने शम्भु मित्रा के साथ विवाह किया और शोभा सेन ने अपने पूर्व पति को तलाक देकर उत्पल दत्त से 1961 में विवाह किया। वे थिएटर की दुनिया की मुख्य अभिनेत्री बन गईं। ऐसी स्थिति में, जब हमेशा

अभिनेत्रियों की कमी बनी रहती थी, उनकी सुनिश्चित निष्ठा ने निर्देशकों के हित में अच्छा काम किया।

अभिनेत्री-कथा का यह नया दौर सम्भवत: स्वयं अभिनेताओं की कथा के भीतर अपना स्थान बनाने के लिहाज से काम कर रहा था। यह नई पीढ़ी, जो थिएटर की स्थिति को उभार रही थी शिक्षा, श्रेणी और सामाजिक पृष्ठभूमि की दृष्टि से व्यावसायिक अभिनेताओं से काफी भिन्न थी। एक नए ऐतिहासिक थिएटर आन्दोलन के रूप में इप्टा एक महत्त्वपूर्ण साधन था। इस सम्बन्ध में, अभिनेताओं ने नामकरण की पद्धति के रूप में 'सांस्कृतिक कार्यकर्ता' को अपनाया, लेकिन अभिनेत्रियों ने बड़ी मुश्किल से इसे अपनाया। 'अभिनेत्री' नाम आम तौर पर प्रचलित रहा।

इन अभिनेत्रियों की स्थिति और मध्यवर्गीय पहचान जो भी रही हो, 'इप्टा' का इतिहास पुरुषवादी ही रहा। इसकी रचनाशीलता का श्रेय सदा 'इप्टा' के पुरुष कलाकारों को दिया जाता था। जिसमें प्राय: पार्टी अथवा उसके अन्य साथी संगठनों से सम्बन्धित होते थे। उदाहरण के तौर पर प्रगतिशील लेखक संघ (पीडब्लूए) की पहचान हमेशा उनकी प्रगतिशील युवाओं के रूप में होती रही है, जो लोगों के बीच जाकर पहली बार व्यापक जनसम्पर्क की अनुभूति प्राप्त कर रहे थे। महिलाओं के लिए खास तौर पर संचालित सांस्कृतिक कार्यक्रमों यथा, पंजाब में गिद्धा, गुजरात में 'गरबा' अथवा महाराष्ट्र में 'लावनी' का उपयोग व्यापक रूप से सांस्कृतिक सम्बन्ध विकसित करने हेतु किया जाता था। उदाहरणार्थ, पंजाब में यह रिवाज था कि गाँव की सारी महिलाएँ उस घर के सामने जमा हो जाती थीं, जहाँ कोई पुत्र पैदा हुआ करता था, और उस अवसर पर आनन्द मनाने के लिए 'गिद्धा' नृत्य का आयोजन किया जाता था। लोक स्त्री सभा के सदस्यों ने ठीक वैसे ही पुत्रियों के जन्म के अवसर पर इसका आयोजन कर इस परम्परा को बदल दिया। उत्तर प्रदेश और बिहार में प्रचलित 'नौटंकी', गुजरात में 'भवई', बंगाल में 'जात्रा' अथवा महाराष्ट्र में 'पावडा' का आयोजन भी सामाजिक मुद्दों को प्रचारित करने के उद्देश्य से किया जाता था।

> *''असल में नुक्कड़ नाटक का जन्म व उभार पूरी दुनिया में, समाज में जनवादी-आन्दोलनों के साथ एक राजनीतिक जरूरत के तहत हुआ है। यदि विश्व में नुक्कड़ नाटक के जन्म पर नजर डालें तो पता चलेगा कि रूस में समाजवादी स्थापना के बाद सांस्कृतिक-आन्दोलन के लिए रंगमंच के प्रयोग के दौरान और द्वितीय विश्व युद्ध के दौरान नाजीवाद और फासीवाद के विरुद्ध सेना को तैयार करने के लिए इसका प्रयोग किया गया। चीन में क्रान्ति के लिए किसानों को तैयार करने के लिए तीसरे दशक में इसका जन्म हुआ, तो स्पेन*

में गृहयुद्ध के दौरान, वियतनाम में जापानी, फ्रांसीसी और अमेरिकी हमलावरों के विरुद्ध युद्ध के दौरान, क्यूबा में क्रान्ति के तुरन्त बाद और पूरे लैटिन अमेरिका व अफ्रीका में राष्ट्रीय मुक्ति-संग्राम के दौरान और अमेरिका में यह खेत-मजदूरों और नीग्रो के बीच संघर्ष और संगठन के साधन के रूप में लोकप्रिय हुआ।''

महिला आन्दोलन की क्रियात्मक रणनीति : नुक्कड़ नाटक

दीनबन्धु मित्रा के 'नील दर्पण' से लेकर हरिश्चन्द्र के 'दुर्लभ बन्धु' जैसे तमाम नाटक जो इप्टा द्वारा मंचित किए गए, उन सबने औपनिवेशिक काल के दौरान होने वाले स्त्रियों के शोषण तथा स्वाधीनता आन्दोलन में उनकी सहभागिता को एक साथ प्रस्तुत किया। हालाँकि ये सभी कथानक राष्ट्रवाद के इर्द-गिर्द ही बुने जा रहे थे। नाटककार स्त्रियों के प्रति होने वाली हिंसा को समुदाय अथवा राष्ट्र की प्रतिष्ठा के प्रति हो रही हिंसा के साथ जोड़ कर देख रहे थे। दूसरे, उन्होंने महिला कार्यकर्ताओं की छवि को उस बलिदानी रूप में प्रस्तुत किया जिसमें राष्ट्र की रक्षा के लिए वे अपने प्राण भी न्यौछावर करने को तैयार थी। अर्थात स्त्री की बदलती हुई भूमिका को भी पितृसत्तात्मक राष्ट्रवादी विमर्श में समाहित करने का प्रयास किया जा रहा था।

इस दृष्टि से पं. राधेश्याम कथावाचक द्वारा लिखित नाटक 'परिवर्तन' उल्लेखनीय है। 1926 में लिखित यह नाटक अपने नाम के अनुरूप ही परिवर्तनकारी था। इस नाटक को सबसे पहले न्यू अल्फ्रेड नाटक कम्पनी ऑफ बम्बई द्वारा एशिया महाद्वीप के कई हिस्सों में मंचित किया गया। यही वह दौर भी था जब स्वतंत्रता आन्दोलन में महिलाओं की सहभागिता राजनीतिक एजेंडे के तहत चरम पर थी। इस नाटक का कथानक त्रिकोण पर आधारित था जो समाज सुधार तथा देश-भक्ति के प्रश्न में निहित जटिलताओं पर प्रकाश डालता था। नाटक की तीन प्रमुख पात्र लक्ष्मी (एक समर्पित एवं सुघड़ गृहिणी), चन्दा (एक वेश्या) तथा माया (एक अंग्रेजीदां महिला जिसने परम्परागत मूल्यों को खारिज कर दिया था) थीं। तीनों महिलाएँ केन्द्रीय भूमिका में थीं। इस नाटक में पुरुष पात्र के मन में नैतिक दुविधा को उठते हुए दिखाया गया था जिसे अपनी पत्नी और वेश्या में किसी एक का चुनाव करना था। अन्ततः वह एक नैतिक चुनाव के रूप में अपनी पत्नी को चुनता है। इस नाटक के जरिए राष्ट्र की परिधि के अन्दर एक पत्नी, वेश्या तथा अंग्रेजी शिक्षा-दीक्षा प्राप्त महिला के लिए 'स्थान' को लेकर बहस पैदा करने की कोशिश की गई थी। अन्ततः यह नाटक चन्दा के सुधार के साथ समाप्त होता था जहाँ वह

अपना जीवन राष्ट्र की सेवा के लिए समर्पित करने को तैयार होती है और अपनी कमाई हुई सम्पत्ति से एक महिला महाविद्यालय खोलने का निर्णय लेती है। नाटककार चन्दा के इस कृत्य के लिए उसे देवी का स्थान देते हैं और उसे विभिन्न हिन्दू धार्मिक नामों जैसे सावित्री, दमयन्ती, गार्गी तथा गांधारी से विभूषित करते हैं। वहीं माया को अपनी भूल का अहसास होता हैं और वह लक्ष्मी की तरह ही आदर्श गृहिणी बनने का निर्णय लेती है। अन्तत: यह नाटक भी अन्य नाटकों की तरह नैतिक शिक्षा के साथ खत्म होता है कि स्त्रियों की छवि राष्ट्र हित में होनी चाहिए। इस तरह के नाटकों की हमारे पास भरमार है जो वर्चस्वशाली राष्ट्रवादी विमर्श को मजबूती प्रदान करने के लिहाज से लिखे गए थे और हिन्दू स्त्री-पुरुष पर भिन्न-भिन्न तरीके से नैतिक दबाव बना रहे थे।

यहाँ इस नाटक का जिक्र करने का मकसद दरअसल औपनिवेशिक शासन काल के दौरान रंगमंच की दुनिया में स्त्रियों के प्रश्न को लेकर पनप रही दुविधा को व्यक्त करना था। राष्ट्रवादी पुरुष स्त्रियों की भूमिका को परिभाषित करते हुए उससे आदर्श पत्नी और माँ होने की अपेक्षा कर रहा था। इसके साथ ही, आधुनिक एवं परम्परागत स्त्री के मध्य उनकी भूमिका को लेकर भी बहस जारी थी। राष्ट्रवादी पितृसत्ता ने 'सम्भ्रान्त स्त्री' को जिस रूप में प्रस्तुत किया था उसमें वेश्या और अंग्रेजीदां स्त्री किसी भी लिहाज से फिट नहीं बैठती थी। जो स्त्री अपनी शिक्षा के बल पर आधुनिक हो रही थी, सुगृहिणी के रूप में उसकी विश्वसनीयता भी घर-गृहस्थी के प्रति उसके समर्पण भाव से तय होती थी। घर एक ऐसा स्थान था जो राष्ट्रवादी पितृसत्ता का आधार था जहाँ से राष्ट्र एवं स्त्रियों के सवाल हल हो रहे थे।

'सम्भ्रान्तता' के इस मापदंड का असर यह हुआ कि स्त्रियों की आवाज एक बार फिर दबा दी गई और वे हाशिए पर धकेल दी गईं। राष्ट्रवाद के पूरे विमर्श में स्त्रियों की भूमिका एक सहयोगी की रह गई। उन्हें सिर्फ वही भूमिकाएँ निभानी थीं जो उन्हें प्रदान की गई थीं। ठीक यही स्थिति थिएटर की दुनिया में भी थी। साथ ही, राष्ट्रवाद की पितृसत्तात्मक मनोवृत्ति एवं रंगमंच में विद्यमान स्त्रियों के प्रति धारणा, वैचारिक तौर पर एक-दूसरे को सम्बल प्रदान कर रहे थे। जो महिलाएँ रंगमंच में आ रही थीं आमतौर पर उन्हें वेश्या के रूप में देखा जाता था। यही कारण था कि अनेक नाटक कम्पनियाँ अपने यहाँ महिला कलाकारों को नियुक्ति नहीं करती थीं। महिला कलाकारों और नर्तकियों के प्रति यह रवैया 1947 तक कायम रहा। विनोदिनी दासी बंगाल में 19वीं सदी की एक मशहूर अभिनेत्री थी जिसने अपना सर्वस्व जीवन थिएटर को समर्पित कर दिया था, को भी समाज में सम्मान प्राप्त नहीं हो सका। इसके दो कारण थे; एक तो वह एक वेश्या की पुत्री थी, दूसरे उसने

रंगमंच को अपना व्यवसाय बनाया था। इतना ही नहीं, राष्ट्रवादी आन्दोलन के दौरान वामपन्थी सांस्कृतिक इकाई के रूप में उभरी इप्टा जिसकी शुरुआत एक महिला ने की थी और अनगिनत महिलाएँ इसमें सक्रिय थीं, उसका एजेंडा भी राष्ट्रीय हित था जिसका परिणाम यह हुआ कि घरेलू दुनिया में महिलाओं के मुद्दों को लगातार अनदेखा किया गया।

यह रवैया 1970 में जाकर तब कम होना शुरू हुआ जब विभिन्न नारीवादी समूहों ने महिला मुद्दों के प्रति चेतना जागृति का कार्य शुरू किया और अपने संघर्षों को नुक्कड़ नाटकों के जरिए सड़क पर लेकर आए। कुछ महत्त्वपूर्ण नारीवादी संगठनों जैसे जोगारी, स्त्री मुक्ति संगठन, गरीब, जोगरी संस्थान, थिएटर यूनियन तथा सहेली ने इस कार्य में महत्त्वपूर्ण भूमिका निभायी। हालाँकि इस सम्बन्ध में अधिक लिखित दस्तावेज उपलब्ध नहीं हैं परन्तु व्यक्तिगत प्रयासों के कारण जो थोड़े-बहुत साक्ष्य उपलब्ध हैं, उनसे यह पता चलता है कि किस प्रकार इन स्वायत संगठनों ने औरतों की कहानी और रोजमर्रे की उनकी तकलीफों को सार्वजनिक मुद्दे के तौर पर पेश किया।

1947 के बाद स्त्री सशक्तीकरण तथा सामाजिक परिवर्तन के उद्देश्य से महिला नुक्कड़ नाटकों की शुरुआत हुई। स्वतंत्र भारत के अग्रणी नेताओं द्वारा सभी नागरिकों को समान अधिकार दिए जाने का वायदा किया गया था। परन्तु संवैधानिक रूप से स्त्री-पुरुष को समान नागरिक अधिकार एवं दर्जा दिए जान के बावजूद नारीवादियों ने यह महसूस किया कि वे सभी वायदे कहीं पीछे छूट गए थे। खासतौर पर यह बात हिन्दू कोड बिल के सन्दर्भ में महसूस की गई। 1955 में पास हुए इस बिल में महिलाओं को सम्पत्ति में कुछ अधिकार देने के वायदे किए गए तथा विवाह एवं तलाक सम्बन्धी मामलों में स्त्री पुरुष को समान दर्जा देने का आश्वासन भी दिया गया। परन्तु समानता के अधिकार के ये वायदे बहुत हद तक एकांगी थे जिसके कारण महिलाएँ लगातार सार्वजनिक एवं घरेलू जिन्दगी में सामाजिक अन्याय की शिकार होती रहीं।

1970 के दशक में सामाजिक हिंसा और महिलाओं के प्रति हो रहा शोषण 'दहेज हत्याओं' के रूप में हमारे सामने आया। ये हत्याएँ वधू पक्ष द्वारा वर पक्ष की माँगों को पूरा न कर पाने के कारण होती थीं। भारत में इस प्रकार के 'पारिवारिक झगड़े' लगभग सभी जातियों, वर्गों, धर्मों तथा समुदायों में सामान्य बात थे। वास्तविकता यह थी कि दहेज की शर्त पत्नी उत्पीड़न का पर्याय बन गई थी। महिला आन्दोलन के लिए उस दौर में यह क्रूरता प्रमुख मुद्दा थी। कम्युनिस्टों तथा वामपन्थी पार्टियों ने भी क्षोभ के साथ यह बात स्वीकारी कि यह कुरीति उनके अपने सदस्यों के बीच भी जारी है।

पत्नी-उत्पीड़न का यह मुद्दा सारे देश के महिला आन्दोलन का केन्द्र-बिन्दु बन गया। दहेज के विरुद्ध चलाए जाने वाले अभियान के अन्तर्गत महिला कार्यकर्ताओं को पीड़ित महिलाओं से बार-बार होने वाली मुलाकातों और उनकी व्यथा-कथा सुनकर यह बात समझ में आ रही थी कि इस देश में स्त्रियों को अनेक संकटों का सामना करना पड़ रहा है। नारीवादी समूह स्वयं भी उनकी कोई सहायता कर पाने में खुद को लाचार महसूस कर रहे थे।

समकालीन नारीवादी आन्दोलन में दहेज के विरुद्ध प्रारम्भिक विरोध हैदराबाद में सन् 1975 में प्रगतिशील महिला संगठन द्वारा दर्ज कराया गया। अनेक बार संगठन द्वारा आयोजित प्रदर्शनों में महिलाओं की संख्या सौ तक पहुँच गई फिर भी उनका विरोध प्रदर्शन पूर्णरूपेण आन्दोलन की शक्ल नहीं ले पाया। लगभग दो वर्षों की खामोशी के बाद दहेज के विरुद्ध आन्दोलन दिल्ली में शुरू हुआ। यह आन्दोलन इस बार महिलाओं के दहेज-उत्पीड़न पर केन्द्रित था। खासतौर से दहेज हत्या के विरुद्ध पंजाब, महाराष्ट्र, कर्नाटक, गुजरात, मध्य-प्रदेश, पश्चिम-बंगाल सहित भारत के अनेक भागों में विरोध अभियान चल रहे थे परन्तु दहेज सम्बन्धी अपराधों के विरुद्ध विस्तृत आन्दोलन दिल्ली में ही चल रहा था। इसका कारण यह था कि दिल्ली में दहेज के कारण होने वाली हत्याओं की संख्या सबसे अधिक थी।

अब तक आग लगने से होने वाली मौतों को आत्महत्या के रूप मे लिया जाता था, और दहेज-उत्पीड़न को आत्महत्या का कारण बहुत कम माना जाता था। आमतौर पर पुलिस द्वारा भी ऐसे मामलों को 'पारिवारिक और निजी' कहकर नजरअन्दाज कर दिया जाता था। इसे राज्य की चिन्ता का विषय नहीं माना जाता था। बहरहाल, दशकों से चली आ रही इस उदासीनता का नारीवादियों ने विरोध किया तथा आग लगने से होने वाली मौतों को यह कहते हुए कि उनकी औपचारिक 'आत्महत्याएँ' आत्महत्याएँ नहीं, बल्कि हत्याएँ हैं, उसे दहेज उत्पीड़न से जोड़ना शुरू किया गया। कुछ मामलों में दहेज हत्या की शिकार महिलाएँ बयान देने के लिए काफी देर तक जीवित रहीं और उन्होंने अपने मृत्यु-पूर्व बयान में सास-ससुर द्वारा दहेज के लिए तंग किए जाने का उल्लेख भी किया परन्तु पुलिस ने इतनी सुस्त और देर से कार्रवाई की कि हत्यारे साक्ष्य मिटाने में कामयाब हो गए और हत्या के मामले को आत्महत्या कह कर सारा मामला रफा-दफा कर दिया गया।

बहरहाल, नारीवादियों ने इस स्थिति के विरुद्ध यह कहते हुए आवाज बुलन्द की कि मृत्यु-पूर्व महिला द्वारा दिए गए बयान को साक्ष्य माना जाए और पुलिस के तौर-तरीकों को चुस्त किया जाए तथा समाज हत्यारों का बहिष्कार करे। कुछ लोगों पर इसका असर भी हुआ। उन्होंने सहमति जताते हुए धरने में भी भाग लिया। स्त्री संघर्ष द्वारा किया गया विरोध प्रदर्शन इतना तीव्र था कि अभियुक्तों के घर पहुँचते-

पहुँचते जुलूस तीन गुना बड़ा हो जाता। इस जुलूस में हत्यारों के पड़ोसी, अपने बच्चों के साथ शामिल होते, सफाई कर्मचारी, घरेलू नौकर तथा आसपास से गुजरने वाले लोग भी इसमें शामिल हो जाते। इस सफलता को देखते हुए नारीवादियों ने दहेज के मुद्दे को उठाने के लिए लोगों से संवाद का सीधा तरीका खोजने की जरूरत महसूस की। नए तरीके तलाशने के लिए हुई चर्चा के दौरान 'नुक्कड़ नाटक' का सुझाव उभरा। जिसके पश्चात स्त्री संघर्ष ने दहेज हत्या पर आधारित पहला नुक्कड़ नाटक 'ओम स्वाहा' खेला गया। नाटक की कहानी दो महिलाओं की दहेज हत्या पर आधारित थी। इसकी लोकप्रियता इतनी बढ़ी कि सभी क्षेत्रों से समिति के पास नाटक के प्रदर्शन के अनुरोध आने लगे। लोगों ने नारी रक्षा समिति को पत्र लिखकर उनके क्षेत्रों में आने तथा 'नुक्कड़ नाटक' करने का अनुरोध किया। नाटक करने वाली अधिकतर महिलाएँ मध्यवर्गीय थीं। उनकी ओर से पहली बार यह सक्रिय प्रयास किया गया।

राजनीतिक रूप से अस्थिर इस वातावरण में कई प्रतिरोधी आन्दोलन जैसे—छात्र आन्दोलन, मजदूर हड़ताल, कृषक आन्दोलन का जन्म हुआ था जिसके परिणामस्वरूप आनन–फानन सरकार को इमरजेंसी (1975–77) की घोषणा करनी

पड़ी। इसी क्रम में कई महिला संगठनों का भी गठन हुआ जैसे बम्बई में फोरम अगेंस्ट ऑप्रेशन ऑफ वुमेन, विमोचना, स्त्री शक्ति संगठन, सहेली, जागोरी आदि। इन सभी संगठनों ने राज्य को इस बात के लिए सीधे तौर पर उत्तरदायी ठहराया कि वह महिलाओं के प्रति हो रही हिंसा के प्रति जरा भी सजग नहीं है और सरकार से इस तरफ विशेष ध्यान देने की अपील की।

1979 में दिल्ली में नारीवादियों के एक समूह ने पहली नारीवादी पत्रिका 'मानुषी' की शुरुआत की जिसने बुलन्द आवाज में दहेज जैसी कुप्रथा का विरोध करते हुए महिला आन्दोलन को एक महत्त्वपूर्ण मंच उपलब्ध कराया। 1978 में दिल्ली में सुभद्रा बुटालिया ने दहेज को अपने प्रतिरोध का मुख्य विषय बनाया। अन्य सभी गतिविधियों के अतिरिक्त इन संगठनों ने नारे लिखे, दहेज पीड़ितों के घर के सामने धरना-प्रदर्शन किया तथा पुलिस के दस्तावेजों की छानबीन शुरू की।

नारीवादी कार्यकर्ताओं ने नुक्कड़ नाटकों के माध्यम से इन सामाजिक कुप्रथाओं को सबके सामने उठाने का तरीका अपनाया। यह नाटक सिर्फ निर्देशात्मक ही नहीं थे, बल्कि मनोरंजक भी थे। उदाहरण के लिए कई महीनों तक लगातार दहेज हत्याओं के विरुद्ध धरना प्रदर्शन करते हुए, नारे लगाते हुए, पोस्टर लगाते हुए स्त्री संघर्ष ने यह महसूस किया कि 'नुक्कड़ नाटक वास्तव में लोगों को सम्बोधित करने का सबसे सीधा और सरल तरीका था।'' अनुराधा कपूर, रति बार्थोलोम्यू तथा माया राव के प्रयासों से स्त्री संघर्ष ने 'थिएटर यूनियन' नाम की इकाई का गठन किया जिसका उद्देश्य नाटकों के माध्यम से स्त्री अधिकारों के प्रति जनता में जागरूकता पैदा करना था।

1980 में पहली बार थिएटर यूनियन द्वारा 'ओम स्वाहा' नामक नुक्कड़ नाटक खेला गया जिसे जनता ने इतना पसन्द किया कि बाद में कई स्थानों पर इसे खेला गया। पूरे नाटक का कथानक एवं संवाद जैसा कि अनुराधा कपूर बताती हैं :

> *''पंजाबी लोकगीत और वहाँ की स्थानीय बोली में लिखे गए। इन नाटकों ने आम लोगों के बीच ऐसा असर पैदा किया कि ज्यादा से ज्यादा लोग दहेज जैसी कुप्रथा के खिलाफ बोलने लगे और औरतों की वर्तमान दशा से मुक्ति के लिए कृतसंकल्प होने लगे। 'ओम स्वाहा' जैसे नाटक ने जनता में यह सन्देश फैलाने में सफलता हासिल कर ली थी कि घरों के बन्द दरवाजों के भीतर अभी बहुत कुछ ऐसा है जिस पर बात की जानी जरूरी है।''*

अनुराधा कपूर इस प्रदर्शन की सफलता का जिक्र करती हुई बताती हैं कि नाटक का दर्शकों पर इतना जबरदस्त असर होता था कि नाटक खत्म होने के बाद औरतें झुंडों में हमारे पास आती थीं और पूछती थीं कि 'हमें किसी चीज की जरूरत तो नहीं।''

भारत में महिला थिएटर ग्रुप के रूप में थिएटर यूनियन ने न सिर्फ दहेज हत्या जैसे मुद्दों को उठाया बल्कि सती-प्रथा और पुलिस हिरासत में होने वाले बलात्कारों को भी अपने प्रदर्शनों में मुद्दा बनाया। बलात्कार के मुद्दे को नाटक दफा 108 में उठाते हुए पुलिस हिरासत में महिलाओं के अधिकारों से दर्शकों को अवगत कराया जाता। समूह ने इस नाटक को कॉलेजों, पार्कों तथा उन झुग्गी बस्तियों में कई-कई बार दिखाया जहाँ की औरतों को पुलिस वेश्या होने के सन्देह पर गिरफ्तार करती थी और जेल के अन्दर महिलाएँ कई दिनों तक बलात्कार का शिकार होती थीं।

दिल्ली में थिएटर यूनियन के अतिरिक्त भारत के अन्य शहरों और गाँवों में भी कई थिएटर कार्यशालाओं का आयोजन किया गया जिसमें जन नाट्य मंच, जिसे माला हाशमी चला रही थीं, शमशुल इस्लाम की निशान्त, जिसमें हबीब तनवीर और बादल सरकार जैसे कार्यकर्ता शामिल थे, आह्वान जैसे संगठन सभी साथ मिलकर आवाज उठा रहे थे। इनमें से कई समूहों ने अपने नाटक खुद लिखे और खुद ही उनका निर्देशन किया। झुग्गी-बस्तियों, सड़कों, पब्लिक-पार्कों, फुटपाथों, विश्वविद्यालय-परिसरों में इन नाटकों को खेलते हुए आवश्यकतानुसार इसमें परिवर्तन और संशोधन भी किए जाते रहे।

इन संगठनों के अतिरिक्त कई छोटे-मोटे संगठन भी थे जिन्होंने अत्यन्त महत्त्वपूर्ण योगदान दिया परन्तु मुख्यधारा की मीडिया द्वारा उसका दस्तावेजीकरण नहीं किया जा सका। 1991 में हेमा रैंकर के निर्देशन में 15 किसान महिलाओं और दो पुरुषों के साथ किए गए नाटक 'अबला स्त्री' पर एक सामूहिक चर्चा आयोजित की गई और इसी के आधार पर एक और नाटक भी किया जिसका नाम था, 'सामाजिक बन्धन।'' स्त्री मुक्ति संगठनों ने 'मुलगी झाली आहे' नामक नाटक किया जिसे महाराष्ट्र के 2000 लोगों के बीच प्रदर्शित किया गया। ज्योति म्हापसंकर जो इस संगठन की निर्देशिका थीं, ने बताया है कि :

> *''मैंने इस नाटक को लिखा था। यह नाटक उन महिलाओं से प्रेरित था जो इतने शोषणकारी एवं दमनकारी परिस्थितियों में अपना जीवन गुजारती हैं, इस नाटक को देखने के बाद कई लोग इस संगठन के सदस्य बने।''*

इसके अतिरिक्त, शीला रानी द्वारा शुरू किए गए एक समूह ने दो महीने तक तमिलनाडु में नुक्कड़ नाटकों का आयोजन किया। यह आयोजन उस शिक्षा अभियान का हिस्सा था जो कन्या भ्रूण हत्या के विरुद्ध जागरूकता पैदा करने के लिए चलाया जा रहा था। रंगमंच के अधिकांश कलाकार यह मान रहे थे कि महिलाओं द्वारा झेले जा रहे शोषण को व्यक्त करने का थिएटर एक आसान और प्रभावकारी माध्यम था। अपनी गतिशीलता के कारण लोगों के थिएटर पहुँचने की बजाय यह लोगों तक

पहुँच रहा था। वे लोग जिनके पास बहुत कम समय होता था, जो धरने में भाग लेते थे, उनके घरों के सामने होने वाले इस प्रकार के नुक्कड़ नाटकों ने स्त्रियों द्वारा किए जा रहे संघर्ष को और मजबूती प्रदान की। कई बार नाटक पीड़ित महिलाओं को भी यह अवसर उपलब्ध कराते थे कि वे अपने अनुभव लोगों से साझा करें। नुक्कड़ नाटकों के प्रदर्शन में बहुत कम संसाधनों की आवश्यकता पड़ती थी, वे कम खर्चीले भी थे, छोटे बजट में किए जा सकते थे और कलाकारों को कोई मेहनताना भी नहीं देना पड़ता था।

सहेली के साथ जुड़ी एक कार्यकर्ता का मानना है कि :

> *''वे सभी कार्यकर्ता जो सामाजिक मुद्दों पर नाटक किया करती थीं, उन्हें नुक्कड़ नाटक में यह सम्भावना दिखती थी कि वे अपने मुद्दों और प्रतिरोध को सड़क पर ला सकें। महिलाओं के अधिकारों के लिए अभियान चला सकें तथा मीडिया, राजनीति और सरकार की स्त्री सम्बन्धी नीतियों एवं कार्यक्रमों में हस्तक्षेप कर सकें।''*

सहेली की इस कार्यकर्ता ने इस माध्यम के प्रभाव तथा महिलाओं के स्वास्थ्थ, दहेज तथा अन्य मुद्दों पर बने नाटकों की रचना तथा प्रस्तुति पर भी विस्तारपूर्वक चर्चा की। महिलाओं के थिएटर की एक और ध्यान वाली बात यह थी कि वे अपनी घरेलू जिन्दगी की तकलीफों और समस्याओं को जाहिर करने के लिए मशहूर नारों और लोक परम्पराओं का सहारा लेती थी। खासतौर पर, नारों के जरिए वे नाटकों को बोझिल और उबाऊ बनाने की बजाय रोचक और मनोरंज़न बनाती थीं। साथ ही, इस क्रम में वे दर्शकों के साथ एक रिश्ता भी बनाती थीं। वे जताती थीं कि जिस तरह हमारे गीत तुम्हारे हैं, उसी तरह हमारे संघर्ष भी तुम्हारे हैं। कई थिएटर ग्रुप ऐसे भी थे जो अपना शीर्षक ही ऐसा चुनते जिसमें सामूहिकता का बोध हो। उनके नाम से ही दर्शकों को उनके एजेंडे के बारे में पता लग जाता था। वे सभी समस्याएँ जिनका सामना औरतें कर रही थीं उन्हें सिर्फ एक सामाजिक कारण के रूप में ही नहीं देखा गया बल्कि उन्हें जाहिर करने के लिए नाट्य प्रविधि का भी सहारा लिया गया। इन संगठनों ने इस कार्य के लिए बड़ी संख्या में महिलाओं को कलाकार, लेखिका तथा कहानी सुनाने वाली के रूप में शामिल किया। अपनी कहानी कहते हुई अभिनेत्रियाँ सिर्फ अपने व्यक्तिगत अनुभवों पर ही केन्द्रित नहीं थीं, बल्कि वे उन तरीकों को भी उजागर करती थीं जिनके द्वारा सामाजिक मूल्यों एवं अपेक्षाओं की परिधि में उन्हें बाँधकर रखने का प्रयास करती थीं। नाटकों को रचने की प्रविधि में भी यह कोशिश की जाती थी कि उनकी आपबीती को साझा करने के क्रम में ही नाटक का कथानक भी तैयार हो सके और थोड़ी-बहुत फेरबदल के साथ उसे प्रस्तुत किया जा सके। इसका अर्थ यह था कि

दर्शकों के बीच से ही सवाल पैदा हों और उन सवालों को स्त्री सशक्तिकरण के सन्दर्भ में समझने की कोशिश की जाए।

कई महिलाओं को नुक्कड़ नाटकों में भाग लेने के कारण अपनी घरेलू पहचान के इतर एक सीमित भूमिका की बजाय एक नई स्वतंत्र सामाजिक पहचान बनाने का मौका भी मिल रहा था। नुक्कड़ नाटक की एक रिपोर्ट में एक महिला कलाकार के अनुभव का उल्लेख करते हुए बताया गया कि यह महिला 10वीं पास थी जिसे आगे पढ़ने की अनुमति नहीं दी गई। एक बार जब महिला नाट्य समूह उसके गाँव अपनी प्रस्तुति देने गया तब वह इस समूह में शामिल हो गई। उसने थिएटर समूह को अपने सशक्तिकरण के रूप में देखा। उसकी आजादी तथा महिला मुद्दों के प्रति उसके योगदान ने गाँव के अन्य स्त्री–पुरुषों को भी इस काम के लिए प्रेरित किया। कई महिला कलाकारों ने इसमें काम करते हुए 'सामाजिक सम्मान' का भी अनुभव किया।

इन्हीं महिलाओं में से कुछ अकादमिक जगत की भी महिलाएँ थीं जिनका जुड़ाव हमेशा महिला आन्दोलनों के साथ बना रहा। अनुराधा कपूर, रति बार्थलोम्यूड, माया कृष्ण राव, उषा गांगुली, त्रिपुरारी शर्मा तथा कीर्ति जैन जैसी स्त्रियों ने नाटक को एक माध्यम के रूप में स्त्री–प्रतिरोध की सांकेतिक अभिव्यक्ति प्रदान की। यह सिर्फ तत्कालीन घटनाओं पर केन्द्रित अभिव्यक्ति नहीं थी, बल्कि समाज में गैर बराबरी और दोयम दर्जा के मिलने से पैदा होनेवाली दंश की अभिव्यक्ति भी थी। उनके द्वारा निर्देशित नाटकों, अभिनीत पात्रों तथा रचित कथानकों के कारण एक तरफ जहाँ महिला आन्दोलनों को सम्बल मिला, वही दूसरी तरफ नाटक की दुनिया में अब वे मात्र पात्र न होकर अपनी मजबूत उपस्थिति भी दर्ज करा रही थीं। अब यह समूह स्थापित नाट्य परम्परा, नाट्य प्रविधि और संरचना में अपना सकारात्मक हस्तक्षेप दर्ज करा पाने की स्थिति में पहुँच चुका था। नाट्य जगत के बुद्धिजीवियों ने भले ही उनके कार्यों को पुरुषों के समकक्ष नहीं माना परन्तु उनकी समझ और निर्देशकीय क्षमता को नजरअन्दाज भी नहीं कर सकते थे। कई बार इन महिलाओं द्वारा किये जाने वाले कार्यों को एक खास पुरुषवादी मनोवृत्ति के तहत 'नारीवादी' या महिला निर्देशिका, महिला अभिनेत्री कह कर उन्होंने अलग पहचान देने की कोशिश भी की गई। अनुराधा कपूर, त्रिपुरारी शर्मा, माया राव जैसी स्त्रियाँ हैं जो यह मानती हैं कि नाटक 'स्व की जड़ता' से मुक्ति का माध्यम है जिसे पुरुष या स्त्री के खाँचों में विभाजित नहीं किया जा सकता। परन्तु यह भी उतना ही सत्य है कि नाटक के निर्देशन के दौरान एक स्त्री की दृष्टि वही नहीं हो सकती जो एक पुरुष की होती है। निस्सन्देह महिलाएँ ज्यादा संवेदनशीलता एवं एक नवीन दृष्टि के साथ काम करती हैं, जिसके कारण

प्रस्तुति में भी फर्क पड़ता है। किसी व्यक्ति की निर्देशकीय या अभिनय क्षमता का मूल्यांकन उसके स्त्री पुरुष होने के आधार पर किया जाना अनुचित है। दरअसल यह एक खास किस्म की पुरुषवादी मनोवृत्ति है जो महिलाओं को अलग पहचान देने के क्रम में भी उनके बराबरी के अधिकार का हनन करती है। साथ ही, वे यह भी मानती हैं कि अपनी रंगयात्रा में उन्होंने और उनकी जैसी लगभग सभी साथी कलाकारों ने अनगिनत बार पुरुषों के साथ काम करते हुए एक अहम भाव और संरक्षित किए जाने की स्थिति का सामना किया। उनके निर्देशन में परम्परागत लोक-प्रस्तुतियों में महिलाओं के चित्रण पर चारवर्षीय परियोजना का कार्य शुरू है, जिसके तहत विभिन्न लोक नाट्य रूपों जैसे नौटंकी, तमाशा, ख्याल, पंडवानी तथा सुरभि के साथ कार्य किया जा रहा है। उनका मानना है कि गुजरते वक्त के साथ गाँव के लोगों की जीवन शैली भी बदली है। महिलाएँ अपने कामों से हर दिन इतिहास रच रही हैं। उनकी कोशिश है कि बदलावों को परम्परागत लोक परम्पराओं में भी शामिल किया जाए। त्रिपुरारी शर्मा नाटकों के सम्बन्ध में अपना अनुभव बताती हैं :

> *''एक बार कानपुर में नौटंकी का आयोजन हुआ। इसकी कहानी में एक पुरुष ने दो महिलाओं से विवाह रचाया जिसमें एक सुघड़ गृहिणी और दूसरी बाजारू कही जाने वाली स्त्री। नाटक के चरित्रों का अनुमान था अन्त में वह पुरुष अपनी 'अच्छी' पत्नी के पास लौटेगा न कि दूसरी पत्नी के पास। 'अलारिप्पू' के सदस्यों का मानना था कि दोनों औरतों को अपने पति को छोड़ देना चाहिए लेकिन शंका यह थी कि दर्शक इस अन्त को स्वीकार नहीं करेंगे। अन्ततः बहुत गहरी चर्चा के बाद दूसरे अन्त पर ही निर्णय हुआ और आश्चर्यजनक रूप से दर्शकों ने इसे स्वीकार भी किया।'' मैंने बोडिन समुदाय की औरतों के साथ काम किया है जो परम्परागत रूप से नाचने का काम करती आई हैं। 'राई' एक प्रकार की नृत्य शैली है जिसे ये औरतें जमींदारों के यहाँ किया करती थीं। लेकिन जैसे-जैसे इस शैली की लोकप्रियता घटी वे मुजरा करने लगीं। उन्होंने उन नौटंकी कम्पनियों में भी काम किया। वहाँ उन्होंने उन पुरुषों का स्थान लिया जो स्त्री भूमिकाएँ किया करते थे। बदलती हुई रुचियों के अनुसार ये महिलाएँ अपना पेशा और शैली भी बदलती रहीं पर जो नहीं बदला वह था उनका 'दैनिक शोषण।'' इसी विषय को आधार बनाकर हमने 'रंगधूलि' का मंचन राष्ट्रीय नाट्य विद्यालय में किया जिसमें इन लोक नृत्यों का जबरदस्त प्रयोग किया गया। 'रंगधूलि' उन नर्तकी स्त्रियों के जीवन की सत्य घटनाओं पर आधारित नाट्य प्रस्तुति थी जिसमें उनकी राई मुजरा और नौटंकी से बार गर्ल बन जाने की यात्रा को नाट्य अभिनय के द्वारा दिखाया गया था।''*

यह पूछे जाने पर कि क्या वे स्वयं को एक महिला निर्देशिका और नाटककार कहलाना पसन्द करती हैं, उत्तर देती हुई कहती हैं :

> *''मुझे स्वयं को स्त्री निर्देशिका कहलाने में कोई संकोच नहीं होता। जब मैंने काम करना शुरू किया तब से यह बात मेरे दिमाग में थी कि मैं जिसके बारे में लिख रही हूँ वह एक इन्सान होने के साथ-साथ स्त्री भी हो सकती है जिसके जीवन अनुभव के रंग अलग हैं। जिसे मैंने अपने नाटकों में शामिल करने की पूरी कोशिश की है। मैंने अपनी हर प्रस्तुति के पूर्व स्वयं को एक स्त्री के रूप में देखा, फिर उसकी दृष्टि को अपने नाटकों में बुना। 1970 के दशक से ही मैं महिला आन्दोलनों में हिस्सा लेती रही हूँ जिसने स्त्री मुद्दों को आगे बढ़ाया। परन्तु अब हम हर क्षेत्र—पर्यावरण/शान्ति—में युद्ध दृष्टिकोण को शामिल करना चाहते हैं। वस्तुत: यह स्वयं को जानने-समझने की भी प्रक्रिया है। किसी भी नाटक में सिर्फ यह पर्याप्त नहीं होता कि आप मजबूत स्त्री किरदारों को पेश करें बल्कि पुरुष पात्रों को भी तराशने की आवश्यकता है। मैं हमेशा पुरुषों की परम्परागत छवि को नजरअन्दाज करने का प्रयास करती हूँ। वह एक लम्बी प्रक्रिया है जिससे हमें गुजरना है।''*

इसी प्रकार अनुराधा कपूर भी महिला आन्दोलन के साथ जुड़ी एवं उसके मुद्दों को रंगमंच के माध्यम से आम दर्शक वर्ग तक पहुँचाने हेतु नुक्कड़ नाटक को सशक्त माध्यम के रूप में प्रयोग किया। अनुराधा कपूर, रति बार्थोलोम्यू तथा माया राव के प्रयासों से स्त्री संघर्ष नामक संगठन के 'थियेटर यूनियन' नामक सांस्कृतिक इकाई का गठन किया गया जिसका उद्देश्य नाटकों के माध्यम से स्त्री अधिकारों के प्रति जनता में जागरूकता पैदा करना था। थियेटर यूनियन के लिए अनुराधा कपूर ने ओम स्वाहा, द रेप बिल और अम्बा आदि नुक्कड़ नाटकों का निर्देशन किया। अनुराधा कपूर के काम का अत्यन्त दिलचस्प पक्ष रहा है मंच सज्जा में चित्रकारों का सहयोग। अपने संगठन 'विवादी' के बारे में बताती हुई अनुराधा कहती हैं :

> *''हमने जब 1988-1989 में 'विवादी' शुरू किया था उस समय बहुत से आर्टिस्ट जैसे नीलिमा शेख थीं। हमने उस दौरान कसौली में एक वर्कशाप की थी जिसका मेन थीम ही जेंडर था। महिलाओं की क्या भूमिकाएँ होती हैं? थियेटर और परफॉर्मेंस में किस किस्म के रोल मिलते हैं? इत्यादि सवालों पर गहरी चर्चा हुई। हम आज भी साथ काम करते हैं। उस वर्कशाप में नीलिमा शेख, विद्या राव, अनामिका हक्सर, गीतांजली इत्यादि थीं। 'विवादी' की शुरुआत जेंडर के मुद्दों के इर्द-गिर्द हुई थी। हमने 'घर-बाहर' किया, 'उमराव जान' किया। नीलिमा अपना विजुअल लैंग्वेज साथ लेकर आती थी। विद्या राव अपना म्यूजिक और गीतांजलीश्री टैक्स्ट लेकर इम्प्रोवाइजेशन*

करती थी। यह एक आयडियोलॉजिक पोजीशन की तरह तय सा हो गया। ऐसा नहीं था कि हमने सिर्फ महिलाओं से सम्बन्धित नाटक किए बल्कि ऐसे नाटक भी किए गए जो जेंडर के सवाल उठाते हों। हमने टैगोर का 'घर-बाहर' और 'गोरा' 1991 में किया। यह प्रयास अपने आप में रोचक था क्योंकि इसके साथ राष्ट्रीय अस्मिता के प्रश्न भी जुड़े हुए थे। हमने 'उमराव जान' और ब्रेख्त का 'द जॉब' किया जिसमें एक औरत आदमी की सारी भूमिकाएँ ले लेती है जिसके परिणाम बहुत बुरे होते हैं। उसके बाद 'सुन्दरी' किया जिसमें आदमी औरत बनते हैं। उसके बाद कई नाटक किए 'एंटिंगनी' किया है। हैनत मूलर का 'शट आउट' किया है। और यह सभी नाटक हिन्दी में किए गए हैं।''

थियेटर यूनियन द्वारा प्रस्तुत ऐतिहासिक नुक्कड़ नाटक 'ओम स्वाहा' के बारे में वह बताती हैं :

> *'1979 में 'स्त्री संघर्ष' के नाम से दहेज प्रथा के विरोध में एक संगठन बना था। उसमें उर्वशी बुटालिया वगैरह थे। उन्होंने मुझे और माया को कहा कि हम ऐक्टिविस्ट हैं और एक नाटक बनाना है। हमने इम्प्रोवाइजेशन करके उन ऐक्टिविस्ट महिलाओं के साथ नाटक तैयार किया जिन्होंने पहले कभी नाटक नहीं किया था। इस नाटक को सैकड़ों बार प्रदर्शित किया गया। इसके कई शोज कॉलेजों और बस्तियों में हुए। इसके बाद हमने बलात्कार कानून पर भी नाटक तैयार किए। वस्तुत: 'थियेटर यूनियन' की शुरुआत ही 'ओम स्वाहा' से हुई थी जो उसका सबसे लम्बा चलने वाला नाटक रहा। उस समय महिला आन्दोलनों के प्रयास से 'जागोरी', 'स्त्री संघर्ष' और 'सहेली' जैसी नारीवादी संस्थाएँ शुरू हुई थीं। हम लोग उनके जरिए इलाकों में जाते थे। ये नारीवादी संस्थाएँ समय-समय पर हमें नाटक करने के लिए आमंत्रित किया करती थीं।''*

स्त्री-पुरुष समीकरण की जटिलता अनुराधा के रंगकर्म का महत्त्वपूर्ण भाग है। बीसवीं सदी के प्रारम्भिक दौर के प्रसिद्ध गुजराती अभिनेता जयशंकर सुन्दरी की आत्मकथा पर आधारित प्रस्तुति थी सुन्दारी : एन ऐक्टर्स थियेटर्स (1995) स्त्री-पुरुष की दोहरी जिन्दगी, विपरीत वेशभूषा आदि से उत्पन्न हुए द्वन्द्व एवं परिस्थितियाँ नाटक के कथानक का आधार था। 'मजालिस' संस्था के तत्त्वावधान में हुई इस प्रस्तुति का मंचन भारत के कई शहरों में हुआ। अनुराधा भारत के उन चुनिन्दा निर्देशकों में से हैं कि जिनकी प्रस्तुतियाँ विदेशों में भी देखी-सराही जाती हैं। सन् 2002 में उनकी 'मेकअप' नाम की प्रस्तुति का मंचन बर्लिन के नाट्य महोत्सव में किया गया।

उषा गांगुली एक प्रख्यात रंगकर्मी, निर्देशिका, अभिनेत्री के रूप में जानी जाती हैं। उषा गांगुली निर्देशन एवं प्रस्तुतियों के साथ-साथ अन्य गतिविधियों में भी

संलग्न रहती हैं। सन् 2000 में आयोजित समन्वय नामक कार्यक्रम देश भर की महिलाओं, अभिनेत्रियों एवं निर्देशिकाओं को एक साथ एक मंच पर लाकर उनके विचारों को साझा करने का अच्छा प्रयास था। उनके सम्बन्ध में विचार व्यक्त करते हुए रंजीता विश्वास का कहना है :

> *''उषा गांगुली मुस्कुराते हुए चेहरे वाली एक अद्‌भुत व्यक्तित्व हैं। रंगकर्मी समूह की निर्देशिका के रूप में वे लगातार 30 सालों से सक्रिय हैं। उन्होंने हमेशा शोषित तबके के शोषण पर केन्द्रित नाटक किए। साथ ही उन्होंने वर्तमान पितृसत्तात्मक संरचनाओं में 'रुदाली' की सनीचरी तथा 'बेटी आई है' के किरदारों को भी जीवन्त कर स्त्रियों के प्रति हो रही हिंसा से दर्शकों को रूबरू कराया।''*

उषा गांगुली से पूछे जाने पर कि वो आज के दौर में थियेटर को किस रूप में देखती हैं, वे बताती हैं कि :

> *''1990 से पूरे देश में सिर्फ अभिनय में ही नहीं, बल्कि जीवन के कई क्षेत्रों में महिलाओं ने अपनी जगह बनाई है— निर्देशन से डिजाइन, प्रकाश व्यवस्था आदि। औरतों में सृजन करने की क्षमता है इसलिए वे कई प्रयोगधर्मी कार्य कर रही हैं। यह शुभ संकेत हैं, हालाँकि रंगमच की दुनिया में एक खास किस्म का पूर्वाग्रह एवं भेदभाव मौजूद है परन्तु आज की महिलाएँ शिक्षित हैं, वे अपने प्रतिरोध स्वयं दर्ज करा सकती हैं।''*

नादिरा जहीर बब्बर का जन्म 20 जनवरी, सन् 1948 को लखनऊ में हुआ। उनकी प्रारम्भिक शिक्षा के बाद 1971 में उन्होंने राष्ट्रीय नाट्य विद्यालय से निर्देशन में डिप्लोमा प्राप्त किया। उसके बाद सन् 1971 से 1973 तक जर्मनी के बर्लिन एनसाम्बल तथा नेशनल थियेटर ऑफ वाइमर में नाट्य प्रशिक्षण प्राप्त किया। उर्दू के सुप्रसिद्ध लेखक/चिन्तक सज्जाद जहीर की बेटी नादिरा को बचपन से ही साहित्यिक माहौल मिला और पढ़ने-लिखने तथा अन्यान्य सांस्कृतिक कार्यों के लिए पूरी छूट भी मिली। राष्ट्रीय नाट्य विद्यालय में सन् 1968 में दाखिला लेने के साथ ही उनकी नाट्य गतिविधियाँ शुरू हो गई थीं। सन् 1969 में इब्राहिम अल्काजी निर्देशित ओथेलो में डेसिडमोना तथा सन् 1970 में फ्रिट्ज बेनेविट्ज निर्देशित तीन टके का स्वांग (थ्री पेनी ऑपेरा) में मिसेज पीचम की भूमिका में नादिरा जहीर ने अपने श्रेष्ठ अभिनय की छाप छोड़ी। धीरे-धीरे आपके कार्यक्षेत्र का विस्तार होता गया और परवर्ती वर्षों में एक अभिनेत्री, निर्देशक, अनुवादक-रूपान्तरकार तथा मौलिक नाटककार के रूप में नादिरा जहीर बब्बर ने रंगजगत में अपना विशिष्ट स्थान बनाया। नीलम मानसिंह चौधरी के सृजन की भाषा

पंजाबी है और अब तक वे उसमें बीस के आसपास नाटकों को प्रस्तुत कर चुकी हैं। इनमें किचेन कथा और नागछाया (नागमंडल) विशेष उल्लेखनीय हैं। पंजाबी के साथ ही अपने भोपाल प्रवास के दौरान नीलम मानसिंह ने हिन्दी में भी कई उल्लेखनीय प्रस्तुतियाँ दीं। रंगशिविर, भोपाल के लिए जसमा ओडन, मध्य प्रदेश रंगमंडल के लिए रत्नाकर मतकरी के लोककथा, चेखव के क्लार्क की मौत (अनु. संजय पांडे) तथा ज्याँ पॉल सार्त्र के बेनाम जिन्दगी (अनु. वीरेन्द्र सक्सेना) नाटकों का निर्देशन किया।

हिन्दी रंगमंच की सुप्रसिद्ध अभिनेत्री सुरेखा सिकरी का जन्म सन् 1945 में अलीगढ़ में हुआ। इन्होंने अलीगढ़ के ही अब्दुल्ला कॉलेज से बी.ए. की डिग्री हासिल की। रंगमंच की दुनिया में सुरखा सिकरी का आगमन संयोगवश ही हुआ। 1965 में इनकी बहन ने राष्ट्रीय नाट्य विद्यालय के प्रवेश का आवेदन पत्र अपने नामांकन के लिए मँगाया, परन्तु उसे भर कर भेजा सुरेखा जी ने और संयोग से उनका दाखिला भी हो गया। 1968 के 'अभिनय' में विशेषज्ञता के साथ उतीर्ण हुईं। अपने विद्यार्थी जीवन के दौरान वे एक मितभाषी और गम्भीर व्यक्तित्व मानी जाती थीं जिन्हें प्रशिक्षण के दौरान अपना अभिनय दिखाने का मौका नहीं मिला। परन्तु उत्तीर्ण होने के चार वर्ष बाद 1972 में राजेन्द्र गुप्त निर्देशित नाटक 'देव्यानी का कहना है' के दौरान उन्हें अपना अभिनय कौशल दिखाने का पूरा अवसर मिला।

उन्होंने यह साबित कर दिया कि वे एक बेहतरीन अभिनेत्री हैं। सुरेखा द्वारा अभिनीत देव्यानी की विशेषता यह भी थी कि वे एक ऐसे चरित्र को सजीव कर रही थीं जो महिलाओं की नैतिकता पर मध्यवर्गीय मूल्यों की गिरफ्त को तोड़ने के लिए संघर्ष कर रही हो, स्थापित सामाजिक मूल्यों एवं मान्यताओं का विरोध कर रही हो। एक ऐसे खालिस पत्र के साथ जिसमें जटिलता भी, हिम्मत थी और आत्मसम्मान था।

सन् 1973 सुरेखा राष्ट्रीय नाट्य विद्यालय के औपचारिक रंगमंडल से जुड़ गईं। जहाँ उन्हें तरह-तरह की भूमिकाओं में अभिनय करने का अवसर मिला। रिहर्सल की शुरुआत के साथ ही ऐसा प्रतीत होता जैसे वे अपनी भूमिका से सम्बन्धित तमाम विचारों और मनोभावों पर मन्थन कर ही हों। आखिर में प्रस्तुति वाले दिन उनका चरित्र अद्‌भुत शिद्‌दत और सच्चाई के साथ मंच पर जीवन्त हो उठता था। सुरेखा सीकरी सिर्फ एक सिद्धहस्त अभिनेत्री ही नहीं बल्कि एक प्रेरणादायी अभिनेत्री भी रही हैं जो अभिनय के तकनीकी पक्ष से आगे निकलकर उत्कृष्ट सौन्दर्य और जटिलता से परिपूर्ण रागात्मक अभिनय प्रतिभा को प्रदर्शित करती रही हैं।

सुधा शिवपुरी हिन्दुस्तान की जानी-मानी अभिनेत्री हैं और कई चर्चित नाट्य प्रस्तुतियों, फिल्मों और टेलीविजन धारावाहिकों में स्मरणीय भूमिका निभा चुकी हैं। अपनी अभिनय यात्रा के बारे में बताते हुए वे कहती हैं—

> *मैं जब आठवीं कक्षा में थी तब मेरे पिता का निधन हुआ। घर को चलाने की सारी जिम्मेवारी अब मेरी माँ के कन्धों पर थी। एक दिन उनकी तबियत बेहद खराब थी। तब मुझे अहसास हुआ कि घर का खर्च चलाने के लिए मुझे भी काम करना चाहिए और अभिनय को मैंने अपने उद्देश्य का माध्यम बनाया। मेरी अभिनय यात्रा छात्रावस्था में आकाशवाणी के जयपुर केन्द्र से बतौर एक रेडियो कलाकार के रूप में शुरू हुई। इसके साथ ही मैंने जयपुर की रंग गतिविधियों में भी हिस्सा लेना शुरू किया। बाद में मैंने राष्ट्रीय नाट्य विद्यालय में दाखिला ले लिया जहाँ मेरी मुलाकात ओम शिवपुरी से हुई। हालाँकि इसके पहले हमने कई रेडियो कार्यक्रमों तथा नाटकों में साथ काम किया हुआ था। राष्ट्रीय नाट्य विद्यालय में भी हम दोनों एक ही बैच के विद्यार्थी थे। यहीं हम दोनों में प्यार भी हुआ और रंगमंचीय जीवन की औपचारिक शुरुआत थी।*

सुधा शिवपुरी की अद्भुत मंच उपस्थिति, शास्त्रीय भंगिमा और हास्य भूमिकाओं में दोषरहित टाइमिंग (इब्राहिम अल्काजी निर्देशित कंजूस में जिसकी छटा साफ नजर आई) ने साठ-सत्तर के दशकों में उन्हें हिन्दी रंगमंच की अप्रतिम अभिनेत्री के रूप में स्थापित किया। कम उम्र की होने के बावजूद उनके अभिनय में परिपक्वता थी। इब्राहिम अल्काजी के निर्देशन में उन्होंने कई अविस्मरणीय भूमिकाएँ कीं। अषाढ़ का एक दिन (1962) में मल्लिका, अंधायुग (1967) में गांधारी, ईपिपस रेक्स (1964) में जोकास्टा, ट्रोजन विमेन (1966) में हक्यूबा और ओम शिवपुरी के निर्देशन में तुगलक (1966) में सौतेली माँ। अभिनय कला में माहिर तथा हर प्रकार की भूमिका निभाने में दक्ष सुधा शिवपुरी की अद्भुत क्षमता का भरपूर उपयोग राष्ट्रीय नाट्य विद्यालय की शिक्षा और उसके उपरान्त रंगमंडल के कार्यकाल के दौरान हुआ। वाचिक एवं संवाद अदायगी में उन्हें विशेष महारत हासिल थी। उनके द्वारा अभिनीत सभी भूमिकाओं में खास किस्म की ऊर्जा, महत्ता और संवेदनशीलता हुआ करती थी जो न सिर्फ दर्शकों को प्रभावित करती थी बल्कि उन्हें अन्दर तक झकझोरती भी थी।

इन समस्त महिलाओं की जीवन एवं रंगयात्रा को जानने-समझने के क्रम में यह तथ्य स्पष्ट हुआ कि रंगमंच की दुनिया में स्त्रियों की बतौर निर्देशिका, अभिनेत्री, समीक्षक उपस्थिति पहले की अपेक्षा बढ़ी है। उन्होंने अपने कौशल और क्षमता से स्वयं को स्थापित किया है। इन महिलाओं के आने का सबसे व्यापक असर यह हुआ

कि विश्व-भर में वृहद स्तर पर चल रहे विभिन्न? आन्दोलनों एवं प्रतिरोध के अन्दर स्त्री संघर्ष को एक अलग समझ के साथ अभिव्यक्त करने का अवसर मिला। इस क्रम में बी जयश्री की 'मन्थरा', उषा गांगुली की 'रुदाली', अनुराधा कपूर की 'एंटीगनी प्रोजेक्ट', माया कृष्ण राव की 'ए डीप फ्राइड जैम', त्रिपुरारी शर्मा की 'महाभारत से', कीर्ति जैन की 'और कितने टुकड़े', अमाल अल्लाना की 'सोनाटा', जे शैलजा की 'थात्री', मीता वशिष्ठ की 'नीति मानकीकरण', वीणा पानी चावला की 'वृहन्नला', नीलम मानसिंह चौधरी की 'किचन कथा' तथा मलयश्री हाशमी की 'वो बोल उठी' महत्त्वपूर्ण नाटक हैं। हालाँकि इनमें से अधिकतर निर्देशिकाएँ स्वयं को 'महिला निर्देशिका' कहलाना पसन्द नहीं करतीं बावजूद इसके, उनके नाटक स्त्री संवेदना एवं सरोकारों से जुड़े रहे हैं। कुछ महिलाएँ ऐसी हैं जो सहर्ष यह स्वीकार करती हैं कि वर्तमान सामाजिक परिदृश्य में यदि उनके द्वारा निर्देशित नाटक स्त्री संघर्ष एवं उसके प्रतिरोध को स्वर प्रदान करते हैं तो एक नारीवादी कार्यकर्ता के रूप में यह उनकी रणनीति का हिस्सा है। कीर्ति जैन तथा उषा गांगुली जैसी निर्देशिकाएँ यह मानती हैं कि :

> *"समाज में महिला निर्देशक अपना स्थान बनाने के लिए काफी काम कर चुकी है। कुछ लोगों को हमारे काम को मान्यता प्रदान करने में समस्या हो सकती है परन्तु हमें इस समस्या का सामना करना है। हमारे नाटकों की विशिष्ट शब्दावली तथा सौन्दर्यबोध को परम्परागत रंगकर्म के मापदंड पर आँका जा रहा है। महिला निर्देशक का लेबल लगने के कारण हमें जो अनुभव हुए उन्हीं के फलस्वरूप हमने उसका प्रतिकार किया। नारीवादी या महिला निर्देशक कहकर हमारी रचनात्मकता को नकारा जाता है और इस प्रकार के वर्गीकरण से हमें एक कमजोर श्रेणी में रखा जाता है। ये वो लोग हैं जो आपकी सोच और सृजनात्मकता को प्रभावित करने का प्रयास करते हैं।"*

अपनी रंगयात्रा के अनुभवों को साझा करने के क्रम में उन्होंने यह स्वीकार किया कि अभी भी रंगमंच की पितृसत्तात्मक व्यवस्था में महिलाओं के लिए वह स्थान निर्मित नहीं हो पाया है जिसकी वे हकदार हैं। नाट्य निर्देशन ऐसा क्षेत्र है जहाँ हमेशा से पुरुषों का वर्चस्व रहा है और इसलिए रंगमंच में सम्प्रेषण की जो भाषा बनी है उसका एक खास स्वरूप है। महिलाओं को अभी लम्बा सफर तय करना है। इतने सारे बदलावों के बावजूद जो नहीं बदला है वह है समाज का महिलाओं के प्रति दृष्टिकोण। आज भी उन्हें सम्मानजनक दर्जा प्राप्त नहीं है। अभिनय या रंगमंच की किसी भी विधा में सक्रिय महिलाओं को आज भी पितृसत्तात्मक मनोवृत्ति 'सम्भ्रान्त स्त्री' मानने को तैयार नहीं है। इन महिलाओं के सार्वजनिक एवं व्यक्तिगत जीवन में कई विरोधाभासी परिस्थितियाँ विद्यमान हैं।

रंगमंच के इतिहास को तलाशना किसी भी क्षेत्र में महिलाओं की सहभागिता के इतिहास को जानने की तरह ही है। वस्तुतः यह प्रतिरोध और पुनर्सृजन का दस्तावेजीकरण है जिसे सम्पन्न करने के दौरान कई रोचक कई बहसधर्मी एवं कई कड़वे तथ्यों से सामना हुआ। रंगमंच और महिलाओं के अन्तर्सम्बन्ध को तलाशने के क्रम में यह आलेख अंशतः ही सफल हो पाया है। इसमें अभी आगे भी शोध कार्य किए जाने की प्रचुर सम्भावनाएँ विद्यमान हैं। हिन्दी। रंगमंच में विशेष तौर पर साहित्यिक हलकों के अतिरिक्त जो बहसें तत्कालीन पत्र-पत्रिकाओं में चलीं, उनका अलग से अध्ययन किया जाना शेष है, जिसके उपरान्त हिन्दी प्रदेशों में विद्यमान जेंडर पूर्वाग्रहों को रंगमंच की दृष्टि से जानने-समझने की सम्भावनाएँ पैदा होंगी। साथ ही जनवादी नाट्य समूहों और नारीवादी नाट्य समूहों द्वारा प्रस्तुत किए गए नाटकों का अध्ययन एवं विश्लेषण किए जाने की आवश्यकता है ताकि मुख्यधारा द्वारा व्याख्यायित स्त्री विषयक मुद्दों एवं नारीवादी समूहों द्वारा सामाजिक सांस्कृतिक व्यवस्था पर प्रश्न उठाने के क्रम में उसे स्त्रियों की दृष्टि से देखे जाने की प्रविधि के बीच के फर्क को समझा जा सके।

सन्दर्भ ग्रन्थ सूची

❖ प्राथमिक स्त्रोत

❖ हिन्दी पुस्तकें

गुप्त, सोमनाथ, *पारसी रंगमंच : उद्‌भव और विकास,* लोकभारती प्रकाशन, इलाहाबाद, 1981.

लाल, डॉ. लक्ष्मीनारायण, *पारसी-हिन्दी रंगमंच,* राजपाल एंड संज, 1973.

सिंह, रणवीर (सम्पा.), *पारसी थियेटर : एक परिचय,* राजस्थान संगीत नाटक कला अकादमी, जोधपुर, 1990.

प्रज्ञा, *नुक्कड़ नाटक : रचना और प्रस्तुति,* राष्ट्रीय नाट्य विद्यालय, 2006.

गार्गी, बलवन्त, *रंगमंच,* राजकमल प्रकाशन, प्रा. लि. दिल्ली, 1968.

महरोत्रा, दीप्ति प्रिया, *गुलाब बाई : द क्वीन ऑफ नौटंकी थिएटर,* पैंग्विन, नयी दिल्ली, 2006.

सहगल, जोहरा, *आत्मकथा स्टेजज : द आर्ट एंड एडवेंचर्स ऑफ जोहरा सहगल* : 1997

दासी, विनोदिनी, *माई स्टोरी एंड माई लाइफ : एस एन ऐक्ट्रेस* : (1998)

❖ अंग्रेजी पुस्तकें

Wilmer, David, *Theatricality, mediation and Public space : The legacy of Parsi Theatre in South Asian Cultural History,* Ph.D Thesis (unpublished), may 1999.

Gupt, Somnath, *Parsi theatre : Its Origin and Development,* Seagull Publication. 2005.

— Kathryn Hansen (ed. & Translate). *The Parsi Theatre : Its Origins and Development,* Calcutta : Seagull Books, 2005.

Hansen, Kathryn, *Grounds for play : the Nautanki theatre of Worth India,* Berkeley, university of California press, 1992.

Gargi, Balwant, *Theatre in India,* New York, Theatre arts books, 1962.

Chatterjee Sudipto, *the Colonial stage,* Seagull Publication, 2007.
Gupta, Hemendra Nath Das, *the Indian Stage,* Munshi Ram Manoharlal, Reprint, 2002.
Singh, Lata (ed.), *Play House of Power : Theatre in Colonial India,* Oxford University Press, London, 2010.
Dasi, Binodini, *Amar Kath,* Subanarekha, Calcutta, 1411 (Bengal Year).
Bhatia, Nandi, *Performing Women / Performing Womanhood : Theatre, Politics, and Dissent in North India,* 2010.
— *Act of Authority/Act of resistance : Theatre and Politics in colonial and postcolonial India,* oxford University Press, 2004.
Zeitlin f.I., *Theatre, Theatricality and the feminine,*
Aston, Elaine. *An Introduction To feminism and theatre,* Routledge Publication, 1995.
Dasi, Binodini, Arjun Bhosh (translate.) *A life in Theater,* Kali for Women, 1998.
— *My Story and My life as an Actress,* Kali for women, 1998.

❖ आलेख

❖ हिन्दी

जितेन्द्र रघुवंशी, इप्टा का मतलब, *इप्टानामा,* 9 जनवरी, 2012.
नारायण, विरेन्द्र, पारसी रंगमंच एक ऐतिहासिक आवश्यकता, *नटरंग,* अंक-8,
हैन्सन, कैथरिन, भारतीय लोक परम्पराएँ और आधुनिक रंगमंच, *नटरंग*-46,
सिंह, सूर्य नारायण, रंगमंच में स्त्री विमर्श, *अन्तरंग बहिरंग,* अंक-12.
अग्रवाल, प्रतिभा, महिला नाटककारों का उदय, *नटरंग,* अंक-5.
आनन्द, महेश, स्त्री कलाकारों की भूमिका, *रंग-प्रसंग,* अप्रैल-जून, 2005.
—रंगमंच पर स्त्रियाँ, *रंग प्रसंग,* अंक-2,अप्रैल-जून 2005.
राघव, कृष्ण, एक भी गुलाब : रंग-यात्रा के तीन दर्शक, *रंग प्रसंग,* जनवरी-जून, 2000.
प्रतिभा अग्रवाल से कृपाशंकर चौबे की बातचीत, नाट्य शोध संस्थान ही अब मेरी सबसे बड़ा सपना है, *रंग प्रसंग,* जनवरी-जून, 2000,
मित्र, शम्भु, पृथ्वी थियेटर, रंग प्रसंग, जनवरी-जून, 2000.
कुमार, रत्नेश भ्रम्यमान थिएटर की पहली अभिनेत्री, *रंग-प्रसंग,* अंक-2,अप्रैल-जून, 2005.
मुद्राराक्षस, पारसी रंग पूर्वा, *रंग प्रसंग,* अंक-1, जनवरी-मार्च, 2005.
सिंह, हेमा, प्रासंगिक है आज भी पारसी रंगमंच, *रंग प्रसंग,* अंक-1,जनवरी-मार्च, 2005.
तनवीर, हबीब, पारसी थिएटर के नाटक : आज के वातावरण में, *रंग-प्रसंग,* अंक-1, जनवरी-मार्च, 2005.
कपूर, रंजीत, पारसी रंगमंच कुछ यादें, *रंग-प्रसंग,* जनवरी-मार्च, 2005.

कु. सत्यवती, रंगमंच पर स्त्रियों का स्थान, *माधुरी,* वर्ष 10, खंड–1, संख्या–5,1931.

वर्मा, ब्रजमोहन, रंगमंच और स्त्रियाँ, *माधुरी,* वर्ष 10, खंड–1, संख्या–6, 1931.

रामकृष्ण, गृह–पत्नी या कला देवी, *चाँद,* अप्रैल 1940, पृ. 103.

सिंह, प्रो. कुँवरपाल, स्वतंत्रता के बाद जनवादी संस्कृति, *नुक्कड़,* 2008.

देशपांडे, कालिन्दी, जन नाट्य मंच का लम्बा सफर, *नुक्कड़,* 2007.

फिशर, अर्स्ट, *कला को जरूरत,* राजकमल प्रकाशन प्रा. लि., दिल्ली, 1990.

नम्बूदरीपाद, ई.एम.एस, *कला साहित्य और संस्कृति,* लिटरेसी पीपल्स, दिल्ली, 1983.

चौहान, कर्णसिंह, *प्रगतिवादी आन्दोलन का इतिहास,* प्रकाशन संस्थान, दिल्ली, 1998.

चातक, गोविंद, *रंगमंच : कला और दृष्टि,* तक्षशिला प्रकाशन, दिल्ली, 1988.

चन्द्रेश्वर, *भारत में जन नाट्य आन्दोलन,* शब्द पीठ, इलाहाबाद, 1994.

तनेजा, जयदेव, *हिन्दी रंगकर्म दशा और दिशा,* तक्षशिला प्रकाशन, दिल्ली, 1988.

बाटमारे, टाम, *अभिजन और समाज,* मैकमिलन, दिल्ली, 1977.

ओझा, दसरथ, *हिन्दी नाटक : उद्‌भव और विकास,* राजपाल एंड संज, दिल्ली, 1991.

अंकुर, देवेन्द्र राज, *रंग कोलॉज,* राजकमल प्रकाशन प्रा. लि. दिल्ली, 2000.

शर्मा, मदन मोहन, *स्वातंत्र्योत्तर युगीन परिप्रेक्ष्य और नुक्कड़ नाटक : एक मूल्यांकन,* पार्श्व प्रकाशन, अहमदाबाद, 1992.

कुमार राजेश, अरविन्द कुमार (सम्पा.), *नाटक से नुक्कड़ नाटक तक,* जन संस्कृति मंच, भागलपुर, 1988.

सरकार, सुमित, *आधुनिक भारत,* राजकमल प्रकाशन प्रा. लि. दिल्ली, 1992.

❖ अंग्रेजी

Hansen, Kathryn, Parsi Theatre and the City : Locations, Patrons, And Audiences, *Sarai Reader* 2002 : The Cities of Everyday Life.

—Stri Bhumika : Female Impersonators and Actresses on the Parsi Stage, *Economic and Political Weekly,* Vol. 33, No.35 (Aug 29-Sep 4.) pp. 2291-2300.

— Making Women Visible : Gender and Race Cross-Dressing in the Parsi Theatre, *Theatre Journal,* Vol. 5, No. 2 (May, 1999), pp.127-147.

— *Bringing women's struggles to the streets in postcolonial India,* Act of Authority/Act of resistance : Theatre and Politics in colonial and post colonial India, oxford University Press, 2004.

Adarkar, Neera, In Search of Women in History of Marathi Theatre, 1843 to 1933, *Economic and Political Weekly,* October 26, 1991.

Pandey, Mrinal, Moving beyond Themselves : Women in Hindustani Parsi Theatre and Early Hindi Films, *Economic and Political Weekly,* April 29, 2006.

Batra, kanika, *In Alliance with the women's movement,* 2008.

A D, Dhawadker, Women Authoriship and contemporary Indian theater : नुक्कड़, 2007.

Nagar, Richa, Women's Theater and the Redefinition of Public, Private and Politics,Theatre : from a women point of view, नुक्कड़, Mumbai theater guide, 2003.

Menon, Sadanand, When life inspired by Art, नुक्कड़, 2007.

Vijaya, Mehto, A life in theater, *Theater India,* May, 2001

Bhattacharya, Malini, In search of New Roles, *Theater India,* Nov. 2000.

Bandyopadhyay, Samik. *'Theatre : From Metropolis to Wasteland',* in Hiranmay Karlekar (ed.), Independent India : The First Fifty Years, pp. 417-428. Oxford University Press. New Delhi: 1998.

Bhaba, Homi. 1983. *'The Other Question—The Stereotype and the Colonial Discourse',* Screen No. 24, pp. 18-36.

De, Brajen, *Jatrac Nari (Women in the Jatra),* in jatrae Ekaal-Sekaal (Jatra : now and Past) pp, 56-63. Imprssion Syndicate. Calcutta 1992.

Appadurai, Arjun.1996. *Modernity at Large : Cultural Dimensions of Globalization.* Minneapolis : University of Minnesota Press.

Ardener, s. (ed), *Perceiving Women,* Malaby Press, London,1975.

Astron, Elaine, Sarab Berhadt, *a French Actress on the English Stage.* Berg Publishers Ltd, Oxford, 1989.

—*An Introduction to Feminism and theatre,* Routledge. London, 1995.

Atkinson, G. F. *Curry and rice : The Ingredients of social life at 'Our Station' in India.* Time Books International, Delhi, 1982.

Austin, Gayle. *Feminist Theories for Dramatic Criticism,* The University of Michigan Press. Anne Arbor,1990.

Bandyopadhyay, Samik. *Calcutta 2000 Years : A Tolly gunge Club Perspective.* Statesman Printing Press, Calcutta, 1981.

Banes, Sally. *Dancing Women : Female Bodies on Stage.* Routledge. London and New York : 1998.

Bardhan, Gul(ed.). *Rhythm Incarnate : Tribute to Shanti Bardhan.* Abhinav Publications. New Delhi: 1992.

Beteille, A and T.N. Madan (eds). *Encounter and experience : Personal Accounts of Fieldwork.* Vikas Publishing House. Delhi 1975

Bharucha, Rustom, *Traditions of Indian Folk Dance.* Indian Book Company. New Delhi : 1978.

— *Theatre and the World : Performance and Politics of Culture.* Routledge. London and New York : 1993

— *Chandralekha, Woman Dance Resistance,* Harper Collins Publishers. India, 1995.

— *'The Crafting of Institutions'*, in Hiranmay Karlekar (ed.), Independent India : The First Fifty Years, pp. 489-503. ICCR, Oxford University Press. New Delhi, 1998.

Kathleen, Blechynden, *Calcutta past and Present,* General Printers and Publishers Ltd. Culcutta, 1978.

Booth, Michael, Johan Stokes and Susan Bassnett. *Three Tragic Actresses : Siddons, Rachel,* Ristori. Cambridge University Press. Cambridge. 2007.

Carlisle, Janice. *Spectacle as Fovernment, Dickens and the working class Audience,* in sure Ellen case and Janelle Reinelt(eds), The performance of power, Theatrical Discourse. Routledge. New York, 1991.

Case, sue Ellen. *Feminism and theatre,* Routledge. New York 1988.

Sangari, Kumkum and Sudesh Vaid(eds), *Recasting women : Essays in colonial History,* Kali for women. New Delhi.

Devis, Tracy, *Actresses as working women : Their social Identity in Victorian culture,* Routledge, London, 1991.

Dutt, Utpal. *Towards a Revolutionary Theatre,* Seagull Books, Calcutta, 2009.

Gupta, Charu. Sexuality, *Obscenity, and Community : Women, Muslims,* and the Hindu public in Colonial India. Permanent Black. Delhi, 2002.

Kramer, Laura. *The Sociology of Gender.* St. Mattin's Press Inc. New York : 1991.

Mehta, Kumudini A. *'English Drama on the Bombay Stage in the Late Eighteenth Century and in the Nineteenth Century',* Unpublished PhD thesis, University of Bombay. 1960.

Nair, Thankappan P. (Ed.). *Gender and Space : Femininity, Sexualization and the Female Body.* Sage Publications. New Delhi, 2001.

Oakley, Ann. Sex. *Gender and Society.* Temple Smith. London,1972.

Pullen. Kirsten. *Actresses and Whores.* Cambridge University Press. Cambridge, 2005.

Sarkar, Tanika. *Hindu Wife, Hindu Nation : Community Religion and Cultural Nationalism.* Permanent Black. Delhi : 2003.

Desai, A.R. (Edited) : *Peasent Struggles in India.* Oxford University Press, Delhi, 1997.

Shah, Ghan Shyam, *Social Movements in India,* Sage Publications, Delhi, 1990.

❖ पत्र-पत्रिकाएँ

हिन्दी

औरतें और रंगमंच, विशेषांक, *नुक्कड़,* अप्रैल-सितम्बर, अंक-35-36, 2007.

औरतें और रंगमंच, विशेषांक, *नुक्कड़,* अक्टूबर-मार्च, 2008, अंक 37-38.

हिन्दी नाटक एवं रंगमंच अपनी-अपनी नजर से, विशेषांक, *नटरंग,* अंक-5.

रंग प्रसंग, जनवरी-जून, 2000, अंक 1.

कथ्य रूप

कथन

जनसत्ता (दैनिक)
दीर्घा
नटरंग अर्द्धशती विशेषांक
नुक्कड़
नया पथ, सफदर हाशमी अंक
नवभारत टाइम्स (दैनिक)
पाटिलप्रभा जन-नाट्य विशेषांक
राष्ट्रीय सहारा (दैनिक)
लोकलहर
वर्तमान साहित्य

अंग्रेजी

Theatre India, NSD, May 2001, Women Directors Direction.
Seagull Theater Quarterly.

❂❂❂